D1337746

Jazz et Vin de palme

DU MÊME AUTEUR

Les petits garçons naissent aussi des étoiles, Motifs n° 112.
Le Feu des origines, Motifs n° 139.
Un fusil dans la main, un poème dans la poche, Motifs n° 189.
Johnny Chien Méchant, Motifs n° 211.

Emmanuel Dongala
Jazz et Vin de palme

nouvelles

motifs

Collection Motifs

MOTIFS *n° 39*

Illustration de couverture :
© Karen Petrossian, Crayon X Studio.
© 1996, Le Serpent à Plumes Éditions
pour la conception et la réalisation.

Édition originale sous le titre *Jazz et Vin de palme*,
collection Monde Noir Poche.

© 1982, Hatier, Paris.
© 1996, Le Serpent à Plumes pour le monde entier sauf l'Afrique.
© Groupe Privat/Le Rocher, 2007, pour la présente édition.

N° ISBN : 2 268 06 003 2

À PROPOS DE L'AUTEUR

Emmanuel Dongala est né en 1941, de père congolais et de mère centrafricaine. Il a passé son enfance et son adolescence au Congo, fait des études aux États-Unis et en France et enseigné la chimie à l'université de Brazzaville.

Il vit aujourd'hui aux États-Unis avec sa famille où il est professeur de chimie et de littérature africaine francophone.

L'ÉTONNANTE
ET DIALECTIQUE DÉCHÉANCE
DU CAMARADE KALI TCHIKATI

The day will not save them
And we own the night.
LeRoi Jones
(Imamu Baraka)

Le jour ne les sauvera pas
Et la nuit nous appartient.

*L*ORSQUE j'arrive dans une ville inconnue, j'aime souvent la découvrir le soir, entre ces heures mal définies et fugitives où le jour meurt et où la nuit graduellement émerge pour étaler le voile de son empire. C'est à ces moments-là que l'on capture le mieux les pulsions secrètes d'une ville, ses craintes et espoirs, où l'on surprend tout ce qui hésite encore entre paraître et disparaître, le moment où les hommes et les choses sont le moins sur leurs gardes. C'est l'heure des odeurs particulières, des fumées au goût de bois et de pétrole, des lampes tempêtes et des bougies qui surgissent soudain, clignotantes comme mille lucioles alignées le long des trottoirs où se vendent du manioc, des brochettes, des cacahuètes grillées... Et puis ces rumeurs, propres à chaque ville, faites de voix étouffées, de cris de femmes à la recherche de leur progéniture n'ayant pas encore regagné le gîte familial, d'aboiements de chiens, de bruits de moteurs, de boîtes de nuit hurlant des rengaines à la mode. C'est enfin l'heure où apparaissent au coin des rues les premiers amoureux rendus anonymes par le jour qui s'en va, et les premières belles de nuit, papillons nocturnes transfigurés en odalisques étrangement désirables par le doux velours de la nuit. Qu'ils sont enivrants ces instants interval-laires, prodrome et pressentiment de ces forces qui sourdent des nuits africaines !

Il y avait quelque chose en plus dans la ville où je me trouvais ce soir-là : l'océan et son murmure, son vent léger et salé. Comme dans tous les ports du monde, on y trouvait la faune cosmopolite de marins étrangers attendant la nuit pour quitter la mer, leur élément, afin de jouir des plaisirs de la terre ferme ; on y rencontrait aussi beaucoup de Cubains, arrière-garde de ceux qui débarquèrent ici pour aller combattre en Angola.

Je déambulais donc ce soir-là dans les rues de Pointe-Noire avec le plaisir que l'on ressent parfois à se trouver en *terra incognita* surtout lorsque, comme ici, les rues ne possèdent ni nom, ni numéro ; on vous donnait une adresse en indiquant sa position par rapport à tel commerçant bien connu ou par rapport à telle buvette. Je continuais à me balader ainsi à l'aveuglette jusqu'à ce que la nuit me submerge dans le quartier Ntiétié. Je cherchai alors un taxi pour m'emmener chez *La Veuve Djembo*, restaurant que m'avaient recommandé des amis de Kinshasa mais je n'en trouvai point sur le moment. Assoiffé et fatigué, je décidai de m'asseoir un instant chez *Josepha*, la buvette située en face, de l'autre côté de la rue, pour me désaltérer et me pénétrer un peu de la chaleur fraternelle de la nuit ponténégrine dans ce bar-dancing populaire.

À peine m'étais-je installé que je vis entrer, avec une force que je ne saurais qualifier autrement que comme une force de la nuit, un grand gaillard vêtu d'un ample boubou bariolé, barbe touffue, cheveux abondants mal peignés et portant autour du cou un gri-gri comme ceux que vendent les marabouts sénégalais. Il avait l'air d'un matelot perdu, d'un bateau à la dérive venant chercher le havre d'un port dans ce bar peu chic. Il émanait de lui une impression bizarre faite en même temps de force et de solitude désespérée ; mais le plus curieux était que je trouvais à cet individu quelque chose de familier, et plus je le regardais, plus j'étais convaincu de l'avoir connu. Il ne s'assit pas, alla directement au bar comme s'il voulait s'en jeter une vite fait derrière la cravate afin de pouvoir continuer sa fuite et retrouver cette nuit d'où il avait surgi. Je cherchai dans mes plus lointains souvenirs, je fis défiler sur l'écran de ma mémoire des connaissances qui peu ou prou lui ressemblaient, mais je ne trouvais toujours pas ; j'abandonnai donc mes efforts et me mis à savourer tranquillement ma boisson.

*\
* *

Les gens de Pointe-Noire sont de grands buveurs de bière et de vin rouge importé, ce qui fait qu'à cette heure où commence la nuit, ils envahissent les buvettes comme les insectes nocturnes courent à la lumière, afin d'étancher une soif accumulée toute la journée dans cette ville où il fait particulièrement chaud malgré la présence de la mer. Ils ont le vin gai, sont charmants et bons vivants ; et comme tous les peuples du sud dont je suis, ils sont parfois vains, souvent fanfarons mais, trait sympathique, ils aiment les femmes. J'en étais là de mes élucubrations sociologiques lorsque je sentis une tape amicale sur mon épaule droite suivie d'une exclamation :

– Tiens, mais c'est Kuvezo !

– Ah ! c'est toi, fis-je, faisant furieusement travailler mes cellules grises car, lui, il m'avait reconnu ; son nom... je l'avais là au bout des lèvres... je brûlais... *fiat lux*, un éclair : Kali Tchikati ! Mais c'est toi, Kali Tchikati, c'est pas possible, que fais-tu ici ?

– C'est plutôt à moi de te poser la question, mon cher Kuku…

– Tu continues toujours à m'appeler par ce sobriquet ridicule. Assieds-toi. Que deviens-tu ? Raconte ! Qu'est-ce que tu bois, je t'invite.

Il ne se fit pas prier, il était vraiment ravi de me revoir. Pensez-vous, nous ne nous étions pas vus depuis cinq ans, depuis qu'on l'avait exclu du Parti unique qui contrôlait tous les faits, gestes et pensées des citoyens dans notre pays. Il commanda une grande bouteille de vin rouge en digne fils du coin ; nous continuâmes nos salamalecs jusqu'à ce qu'on nous apportât la bouteille.

– À notre santé et à nos retrouvailles, mon cher Kali, dis-je, en levant mon verre.

– Et pour les ancêtres aussi, répondit-il, en versant par terre quelques gouttes de son vin.

J'ai d'abord pensé qu'il continuait à se moquer de ces théoriciens du mythe de l'authenticité contre lesquels il avait, en bon progressiste, milité toute sa vie. Et pourtant il y avait dans son geste quelque chose de plus, de, comment dire, d'authentique, presque un acte de foi. Cela me surprit fort mais je ne m'y attardai pas. Nous bûmes alors, moi ma bière, lui son vin, ce mauvais vin rouge que la France nous envoyait lorsqu'elle nettoyait le fond de ses caves et cuves ; un seul verre suffisait pour me donner une migraine lancinante pendant des heures ; il semblait par contre que l'effet fût inverse sur Kali car, après avoir bu un verre, l'excitation, qu'il avait manifestée tout à l'heure en me voyant, était complètement tombée ; il avait repris son regard inquiet de personnage traqué. Mais qu'avait-il donc ?

– Dis-moi, Kali Tchikati, qu'est-ce qui ne va pas ? Tu as l'air inquiet, on te dirait traqué par tous les démons de la nuit.

– Tu ne saurais mieux dire ! En effet, je suis traqué.

– Par quoi ? Par qui ? Je croyais tes ennuis avec le Parti terminés.

Il ne dit rien pendant un moment, puis vida la moitié de son verre et lâcha :

– Mon cher Kuvezo, tu as devant toi quelqu'un qui va bientôt mourir : j'ai été ensorcelé par mon oncle paternel.

Ce fut la phrase que me jeta Kali Tchikati à la face. J'ai cru un instant qu'il plaisantait ; j'allais rire en disant qu'on ne me la faisait pas lorsque je fus arrêté par le désespoir lucide que je lus au fond de ses yeux, grandes fenêtres ouvertes sur la profonde détresse de son âme. Je compris que c'était sérieux. Malgré tout, il m'était difficile de croire en sa « conversion », de penser que Kali Tchikati pût croire à la sorcellerie ou du moins aux manifestations mystiques et métaphysiques auxquelles les gens croient dans notre société. Je ne pus donc m'empêcher de le pousser un peu :

– Toi, Kali, ensorcelé ? Tu blagues, n'est-ce pas ?

– Il n'y a pas de doute, mon oncle veut me « manger ».

– Allons, allons, toi le matérialiste, six ans de formation idéologique à Moscou, ancien directeur de notre école du Parti et responsable de la propagande idéologique, toi qui voulais transformer tous les temples et églises en musées, toi…

– Je comprends que tu ne puisses comprendre.

– Et comment !

Il ne dit rien et se remit à boire son vin rouge à grandes gorgées. Je me tus aussi, un peu coupable, car il me semblait avoir été trop dur avec un ami qui, visiblement, voulait se confier à quelqu'un qui pût l'écouter. Mais il m'était difficile de réaliser que j'étais en face d'un nouveau Kali Tchikati ; je me voyais encore affronter le Kali de toujours, cet ami-adversaire avec lequel les discussions avaient toujours été sincères mais souvent violentes, très violentes. Nous nous sommes brouillés plusieurs fois, mais plusieurs fois nous nous sommes retrouvés. Un ami d'enfance, puisque je le connaissais depuis la sixième au lycée Savorgnan de Brazza. J'ai bien connu son père qui m'avait toujours traité comme un fils. À la sortie du lycée, j'allai aux USA pour étudier les sciences physiques ; Kali prit le chemin de Moscou pour étudier les sciences sociales, après les journées de révolte populaire qui balayèrent l'ancien régime. Nous revînmes pratiquement ensemble, à quelques mois près ; je devins un obscur petit professeur de faculté, il devint un membre éminent du Parti qui venait d'être créé, en fait le numéro deux après le chef de l'État qui en assurait la présidence, puisqu'il en était le directeur d'école et le chargé de la propagande et de l'idéologie, c'est-à-dire le maître à penser des futurs cadres rouges que le pays allait former. Six ans à Moscou n'étaient pas rien ! Et c'était cet homme-là qui, assis en face de moi, me parlait de sorcellerie, d'envoûtement, avec une conviction qui dépassait la mienne, moi qui me suis toujours cantonné dans ce territoire flou où le croire et le non-croire n'arrivaient pas à se départager, comme chez la plupart des gens qui reconnaissent les limites de leurs connaissances. Il avait été, lors de son heure de gloire, de ces individus qui avaient instauré un terrorisme intellectuel sur le pays, prétendant qu'eux seuls connaissaient la « ligne juste » de la révolution, falsifiant l'histoire, étouffant tout débat d'idées sous un centralisme qui n'avait rien de démocratique, censurant les écrivains et artistes, emprisonnant des journalistes. Je n'évoquerai pas ici le sort qu'ils réservaient à leurs opposants politiques. Je ne comprenais pas...

Et quand on ne comprend pas, on laisse le silence prendre la place des paroles ; ce que je fis, après avoir commandé une autre bière. Le hasard avait bien fait les choses en nous permettant de nous rencontrer ici, car la musique forte et le grand nombre de clients nous protégeaient en quelque sorte, et aucune oreille étrangère ne pouvait saisir nos propos même si elle décidait délibérément de se brancher sur notre conversation. Il y avait maintenant quelques prostituées qui nous regardaient avec insistance, comme pour nous inviter à faire un tour dans la nuit : peut-être que contrairement à notre bonne morale, ces filles avaient la paix de l'âme. Cette pensée me fit revenir à Kali, qui semblait aussi goûter la nuit et son silence dans cet endroit mal famé où on ne s'entendait pas à deux mètres.

— Kali, raconte-moi exactement ce qui s'est passé et ce qui se passe. Raconte-moi tout, je suis ton ami.

— Ce n'est pas la peine de me le demander, Kuvezo, j'avais décidé de tout te raconter dès que je t'ai vu. Je me rends compte maintenant que tu as été le seul ami avec lequel j'ai toujours discuté sincèrement. Bon, je vais commencer par le début, par mon mariage…

— … dont j'étais l'un des témoins.

— Oui, tu te rappelles, n'est-ce-pas ?

* *
*

« Je venais de rentrer au pays après mes longues années d'études à l'étranger et je voulais épouser une fille que j'avais rencontrée à Moscou, une compatriote ; belle fille, intelligente puisqu'elle a préparé un doctorat de sociologie ; de bonne famille aussi, mais elle avait une "tare" si j'ose dire, elle n'était pas de la même ethnie que moi. Tu comprends le scandale que j'ai causé lorsque mon oncle paternel m'a convoqué pour me dire qu'il était contre ce mariage. J'ai passé outre, je les ai défiés, fort de mon bastion idéologique. Tu te souviens de la scène, n'est-ce pas ? "Tu es notre fils, nous ne souhaitons pas que quelque chose t'arrive ; mais aussi vrai que nous sommes tes pères, ces paroles que nous prononçons aujourd'hui se réaliseront et ce malgré ton instruction, tes diplômes obtenus au pays des Blancs – quelques gouttes de vin de palme versées par terre au bon souvenir des ancêtres, quelques gouttes bues et recrachées afin que le vent les porte sur toutes les aires de son passage – nous te disons : tu n'auras pas d'enfants, ta femme ne procréera pas, nous ne voulons pas de progéniture du ventre de cette étrangère – du vin recraché, un tissu rouge noué, encore des paroles incantatoires – nous ne te voulons pas de mal, rien ne t'arrivera si ce n'est que le sang de cette femme n'aura pas de descendance dans notre famille…"

» Moi je rigolais de toutes ces croyances, de ces superstitions. Je me suis levé et je les ai tous plantés

là. Tant que ma femme serait physiquement, physio-
logiquement et gynécologiquement en bonne santé,
et elle l'était, je ne voyais pas comment de simples
paroles de quelques vieux analphabètes attardés, et
dont le raisonnement n'avait même pas atteint un
développement prémarxiste, pouvaient m'empêcher
d'avoir un gosse. J'oubliai d'ailleurs très vite l'incident d'autant plus que j'étais pris par la création du
nouveau parti marxiste-léniniste d'avant-garde dont
j'allais devenir le responsable pour la propagande
idéologique et le directeur de l'école.

» Mais voilà que marié depuis plus de deux ans
je n'avais pas d'enfant. Ma femme s'inquiétait de
plus en plus car elle en voulait un ; elle avait vingt-
six ans et elle se voyait vieillir ; or chez nous, en
Afrique, tu connais le prestige qui accompagne une
femme-mère ou plutôt l'opprobre qui entoure une
femme stérile. Elle qui n'avait pas ma conviction
marxiste-léniniste, malgré son éducation bolché-
vique, commençait à croire fermement à une malédiction venant de ma famille. Elle a d'abord
cherché le salut du côté de la foi chrétienne, opium
du peuple, que nous avions abandonnée depuis
plus de dix ans. Curieux comme les gens, en
période de "stress", reviennent instinctivement aux
superstitions de leur enfance ! Mais pour une fois,
le marxisme et l'Église étaient d'accord, ils combat-
taient tous deux les superstitions animistes et fétichistes. L'Église lui demanda donc de ne pas croire

à ces fadaises mais plutôt d'avoir foi en Dieu le Miséricordieux, de prier. Elle fit même un voyage à Lourdes et à Fatima. Rien n'y fit, elle n'avait toujours pas de grossesse six mois après ; le goupillon aussi avait failli. Elle fit également un tour du côté d'Allah par l'intermédiaire d'un trafiquant d'ivoire malien. Elle se mit alors à me harceler de plus en plus, me demandant chaque fois de convoquer une réunion de famille pour une repentance. Excédé, je décidai de prendre l'affaire en main, scientifiquement. Je fis faire des visites médicales gynécologiques par les meilleurs médecins de la place ; ils dirent tous que ma femme n'avait rien gynécologiquement qui pût l'empêcher de concevoir. Profitant de ma position dans le Parti, je trouvai un prétexte pour boutiquer une mission à l'étranger, et nous partîmes tous les deux pour la France où elle consulta cinq médecins différents qui ne trouvèrent rien d'anormal. Et si finalement cela venait de moi ? Je consultai à mon tour cinq médecins différents qui ne trouvèrent rien d'anormal chez moi non plus. Je n'étais toujours pas satisfait. Aussi, dès le retour au pays, j'inventai une autre mission urgente pour Berlin et nous repassâmes tous les deux plusieurs visites. Ils ne trouvèrent toujours rien qui, scientifiquement, pût empêcher ma femme de concevoir. Cette dernière était au bord de la dépression. Inquiet, je retournai chez l'un des médecins qui m'avaient examiné, je lui expliquai tout mon problème, je le suppliai de me refaire les analyses, de voir si du côté de mes gonades ou de mes hormones gonadotropes – je ne sais pas comment s'appellent ces choses-là, ce n'est pas mon domaine – si de ce côté-là il ne pouvait pas trouver un petit quelque chose... et, devant mon insistance, il a fini effectivement par trouver un petit quelque chose : après avoir réexaminé mes spermes, il trouva la cause du mal : j'avais des spermatozoïdes paresseux. Eh oui ! Ils prenaient tellement de temps pour progresser jusqu'à l'ovule qu'ils arrivaient morts ou épuisés par l'effort ; ou alors, fatigué d'attendre, l'ovule était déjà mort. Je triomphais, j'étais content, je tenais mon explication scientifique, rationnelle. Il n'y avait rien de mystérieux dans le fait que ma femme ne conçût point, l'œuf n'était pas fécondé. Certes, sur une dizaine de spécialistes consultés, un seul avait détecté la paresse de mes spermatozoïdes et encore, seulement à la deuxième visite après que j'eus insisté pour qu'il me trouve une explication coûte que coûte ; ce manque de reproductibilité dans les résultats, qui était contraire à toute démarche scientifique, ne me gênait point, j'étais trop content d'avoir trouvé mon explication rationnelle.

» Mais ma femme ne voulut rien savoir. Elle me disait souvent :

» – J'ai entendu parler de tas de choses dans ma vie, mais jamais de spermatozoïdes paresseux !

» – Je te jure que cela a été prouvé scientifiquement dans un grand laboratoire en Allemagne. Mes spermatozoïdes ne font, disons, que du dix à l'heure au lieu de cent, ce qui fait qu'une fois arrivés à destination, l'ovule s'est déjà desséché.

» – Kali, sois sérieux, laisse tomber ces explications fantaisistes, allons voir ton oncle et ta famille paternelle, ce sont eux qui nous empêchent d'avoir des enfants.

» Nos conversations se terminaient toujours ainsi, cinq, dix fois par jour. Elle était de plus en plus déprimée et cela s'aggrava au lendemain de son trentième anniversaire. L'atmosphère se détériorait rapidement dans notre foyer ; aussi, pour préserver notre union, décidai-je de faire une concession à ma femme, d'accéder à son désir, non pas parce que j'y croyais, mais avec le malicieux espoir de triompher lorsque, malgré notre repentir et la bénédiction de la famille, elle ne serait toujours pas enceinte, mes spermatozoïdes n'allant toujours pas plus vite que Jesse Owens.

» J'étais tellement mal à l'aise pendant la préparation de cette réunion que je n'invitai personne, même pas toi. Je demandai à la famille de se réunir loin de la capitale, dans mon village. Je ne voulais pas que le Parti sût que j'avais pris part à une cérémonie obscurantiste. Donc, oncles, tantes, etc., étaient assis, puis comme de coutume, vin de palme, noix de kola, etc. Ma femme et moi avions acheté cinq pagnes cirés "super wax" de quatre brasses chacun, fabriqués en Hollande et qui coûtaient 20 000 F CFA pièce, deux dames-jeannes de vin rouge du Portugal et quelques autres bricoles. Sans y croire, rien que pour faire plaisir à ma femme, je me mis à parler mécaniquement :

» – Oncles, tantes, famille, papa, maman, nous sommes venus vous voir après avoir beaucoup réfléchi. Nous sommes ici, ma femme et moi, pour demander votre pardon. J'ai déjà vécu cinq ans avec cette femme, je ne veux pas la quitter et je ne veux pas qu'elle me quitte. C'est pour cela que nous sommes venus avec ces petits cadeaux pour vous dire que nous reconnaissons votre autorité ; nous vous demandons de nous pardonner, de nous accepter et de nous bénir.

» Ma femme était assise à l'écart, sur une natte, sage et docile. Les vieux de la famille s'éloignèrent alors pour tenir un conciliabule, revinrent quelques instants après et l'oncle, porte-parole comme à l'accoutumée, parla :

» – Fils, nous t'avons écouté, notre cœur t'a écouté. Nous ne voulions pas de cette femme au départ mais, comme elle nous a toujours respectés, comme elle n'a jamais prononcé une seule parole méchante à notre égard et, enfin, comme elle est venue s'agenouiller devant nous, nous acceptons vos cadeaux. Comme toi aussi tu as reconnu qu'il ne fallait pas passer outre les paroles des anciens, nous pouvons te dire que tes paroles ont caressé nos cœurs. Il n'y a plus de contentieux entre nous. Nous vous bénissons. Ayez des enfants, mettez au monde des garçons, des filles, des jumeaux – vin de palme, noix de kola mâchée et recrachée, nœud d'un tissu rouge délié – il n'y a plus de problème, allez en paix.

» Le mois suivant, ma femme était enceinte.

» Évidemment, je ne comprenais plus rien. Non, me dis-je, c'était le hasard, un spermatozoïde avait battu les autres à la course. D'accord, mais pourquoi ce hasard avait-il attendu cinq ans et la cérémonie de réconciliation pour se manifester ? Bien sûr, le propre du hasard est d'être imprévisible, mais tout de même !

» Une fille nous naquit ; deux ans après, nous eûmes des jumeaux, un garçon et une fille. Ainsi donc, après cette cérémonie, mes spermatozoïdes avaient définitivement cessé d'être paresseux. »

Kali avait parlé d'un trait ; il s'arrêta pour boire une gorgée de son mauvais vin qu'il n'avait pas touché tout ce temps-là. Craignant qu'il ne s'arrêtât définitivement, je le pressai de questions :

– Alors, c'est à cette période-là qu'on t'a exclu du Parti ?

– Non, non, pas encore, mais c'est à cette

période-là que j'ai commencé à sentir vaciller en moi aussi bien ma foi absolue dans les explications scientifiques que la base farouchement matérialiste de mon idéologie. Cela évidemment m'énervait et en contrepartie, en tant que responsable de la propagande idéologique du Parti, je durcissais mon attitude. C'est à cette époque-là que j'ai lancé ma violente campagne antireligieuse et anti-fétichiste, qui a fait tant de bruit... ou tant de mal selon certains.

Oui, effectivement, je me rappelais deux événements qui m'avaient frappé à l'époque, deux faits de Kali Tchikati. Le premier s'était passé lors d'un grand meeting de soutien aux combattants de l'Afrique du Sud et pour la libération de Nelson Mandéla. Au beau milieu de sa vaillante attaque contre le bastion impérialiste du pouvoir boer, Kali avait été interrompu par la petite église qui s'était mise à carillonner pour appeler ses ouailles aux vêpres ; il avait piqué une colère effroyable. « Camarades, avait-il hurlé, ces gens se fichent de nous ! Au milieu d'un meeting aussi important, ces imbéciles trompeurs du peuple sonnent leurs cloches pour demander aux gens qui nous écoutent de partir. C'est une provocation ! Qu'ils continuent ainsi et ils sauront qui dirige ce pays ! Nous fermerons leurs églises, leurs temples et leurs mosquées et nous les transformerons en magasins de stockage de poisson fumé ou de ciment. De toute façon, si

Dieu existait, ce serait un capitaliste, non, pire, un féodal... » Le lendemain, le Parti prenait une mesure réglementant les heures d'ouverture des églises et des prières sur toute l'étendue du territoire.

L'autre incident avait été plus curieux encore. Un membre du comité central du Parti et sa famille voulaient construire en dur, comme il était d'usage dans notre pays, le tombeau de l'un des leurs, décédé il y avait près de deux ans. Or la coutume voulait que l'on bâtît la tombe dans l'année de la mort de la personne. Aussi, quand ils arrivèrent sur les lieux, la sépulture avait disparu et personne ne se souvenait de son emplacement exact : comme l'expliqua un vieux de la famille, le parent décédé, fâché de ce qu'on ne s'était pas occupé de lui à temps, avait fait disparaître sa tombe. On dépêcha alors quelqu'un au service des pompes funèbres pour essayer de retrouver l'endroit, mais cela ne fut d'aucun secours. Alors ils firent comme on faisait dans leur village, ils se rassemblèrent au cimetière, parlèrent, parlèrent, demandèrent pardon au parent mort, lui expliquèrent que s'ils n'étaient pas venus plus tôt, c'était par manque d'argent et terminèrent la séance en tirant en l'air un coup de fusil chargé à blanc pour lui rendre hommage. On se remit alors à chercher et, ô surprise, la tombe avait surgi, bien délimitée sous l'herbe qui l'avait envahie : le parent avait accepté leur repentir.

Lorsque Kali Tchikati apprit par la suite qu'un membre éminent du Parti avait pris part à cette cérémonie, il piqua une autre colère, convoqua la Commission de Vérification du Parti et l'homme fut exclu pour fétichisme et pratiques occultes, puis lynché verbalement à la radio. Vraiment, à l'époque, Kali était déchaîné.

« C'était plus par acharnement que par conviction que j'agissais ainsi, reprit-il en interrompant le fil de mes souvenirs, car j'avais peur de perdre quelque chose qui était en train de me lâcher. Je devins de plus en plus dogmatique. Ce fut l'époque où j'organisai ce séminaire resté célèbre à cause de la confrontation dure et sans merci que j'eus avec toi, et j'avoue que je t'aurais exclu si tu avais été membre du Parti, un parti que tu n'as jamais voulu rejoindre sous prétexte que cela restreindrait ta liberté. À la suite donc de ce séminaire intitulé *Croyances religieuses et animisme : freins au développement et à la lutte anti-impérialiste*, toutes les écoles, tous les hôpitaux et cliniques aux mains des diverses confessions furent nationalisés pour montrer de façon spectaculaire la radicalisation de notre combat idéologique.

» Puis mon père mourut. Alors commencèrent vraiment les problèmes qui allaient précipiter ma déchéance. Coïncidence ? Ensorcellement et envoûtement ? Malédiction ? Je vais tout te raconter et tu jugeras. »

Il se tut pour prendre une longue gorgée de son vin comme un nageur aspire une ultime goulée d'air avant de plonger. J'étais décidé à ne pas l'interrompre afin qu'il aille jusqu'au bout de son voyage dans ce récit étrange.

* *
*

« À la mort de mon père donc, reprit-il, je me retrouvais de nouveau face à mon oncle. Tu sais comment c'est chez nous, la famille convoiteuse qui ne voit pas d'un bon œil que les enfants héritent de tous les biens de leur père, surtout si celui-ci est riche ; quant à la femme, n'en parlons pas, elle est purement et simplement dépossédée, sinon chassée du domicile de son défunt mari. Non pas que mon père fut riche, mais en tout cas, il avait une maison en dur et une voiture qui roulait bien malgré ses nombreuses années. À sa mort donc, mon oncle demanda qu'on lui donne la voiture afin d'en faire un taxi pour pouvoir nourrir sa femme et ses enfants. Évidemment, je refusai ; la voiture devait rester la propriété de la veuve et de ses enfants. Un conseil de famille se réunit et se termina très mal car la famille – je parle de la grande famille africaine – se scinda en deux, les uns m'approuvant, les autres se rangeant du côté de l'oncle. Ces derniers ont d'ailleurs quitté le village pour s'installer en un nouvel endroit, créant ainsi un nouveau rameau qui nous sera aussi étranger qu'une tribu du Nord de l'Inde. Mon oncle me fit à l'occasion des menaces voilées, mais je n'en tins pas compte en bon matérialiste et en rationaliste conséquent.

» Deux semaines après ce conseil de famille, il est arrivé un fait incompréhensible ; si cela était arrivé à quelqu'un d'autre que moi-même, je ne l'aurais jamais cru. Voilà : je sortais du garage où j'étais allé reprendre la voiture de mon père entièrement révisée, vidangée, graissée ; elle démarrait au quart de tour et ronflait comme neuve. Je fis quelques courses en ville avec et, au moment où je rentrais à la maison, alors que je roulais à vingt kilomètres à l'heure en prévision d'un virage que j'allais négocier, le volant se bloqua tout d'un coup ; j'appuyai sur les freins, ils ne répondirent pas et la voiture continua d'avancer, au pas. Lentement mais inexorablement, comme attirée par un aimant, elle alla percuter un palmier ; tout l'avant était cabossé, le moteur bousillé ! Et pourtant je n'avais pratiquement pas senti de choc, pas une vitre n'était brisée et pas un œuf ne s'était cassé dans le panier que j'avais dans le coffre. Avoue que ce n'était pas normal ! Pour ne laisser planer aucun doute sur l'étrangeté du phénomène, je fis appeler un mécanicien qui, devant huissier, je répète, devant huissier, a vérifié les freins après l'accident, les a trouvés non seulement en bon état mais a constaté qu'ils répondaient normalement. Quant au volant, il n'était pas bloqué du tout ! C'était à devenir maboul ! Ce n'était pas naturel, ce n'était pas normal. Et puis laisse-moi te dire, ce n'était pas tout.

» Quelque temps après cet accident, j'ai attrapé d'atroces migraines ; mes yeux pleuraient constamment et, drôle de phénomène, je n'arrivais plus à lire la lettre i ! Eh oui, rien que la lettre i ! Je lisais sens pour seins, gâté pour gaîté, ans pour ainsi et évidemment des tas d'autres mots qui n'avaient plus aucun sens comme Lenne, praxs, etc. On peut être daltonien et ne pas voir certaines couleurs, on peut être aveugle et ne rien voir du tout, mais on ne peut quand même pas être aveugle ou daltonien pour une seule lettre ! Ce n'était pas naturel. J'ai évidemment consulté un médecin agrégé, spécialiste d'ophtalmologie, et un autre spécialiste du cerveau ; ils ne trouvèrent rien. En fait, l'explication que je devais comprendre plus tard était on ne peut plus simple : j'avais été atteint à la tête par un coup de fusil mystique, métaphysique, comme seuls savent le faire les sorciers de chez nous. C'était la présence de ces plombs invisibles qui avaient touché mes nerfs optiques et me faisaient si atrocement souffrir.

» Ce qui épuisa ma patience fut l'accident de chasse qui m'arriva. Tu sais que j'ai toujours aimé chasser. Enfant, j'ai couru après les antilopes, j'ai traqué les buffles et même piégé des éléphants avec

32

mon père, lorsque nous nous trouvions dans la région forestière de la Sangha. Ce goût m'est toujours resté. Après mon accident de voiture et mes atroces migraines, je suis allé me reposer un peu dans mon village pour récupérer et, comme on dit, pour me ressourcer. Un jour, avec quelques amis, nous avons organisé une partie de chasse dans le Mayombe. Excellent fusil, j'étais en tête du groupe lorsque soudain je vis quelque chose bouger dans les branches d'un okoumé. Je visai et j'attendis : c'était un gros singe, gibier succulent, qui s'amusait à faire des cabrioles. J'armai et je tirai. Nous entendîmes un cri étrange, presque humain, à fendre l'âme, sortir de la bouche du cercopithèque lorsqu'il toucha le sol. Nous cherchâmes un moment dans l'épais sous-bois avant de découvrir l'horrible spectacle : le corps d'une femme sexagénaire gisant face contre terre et touchée dans le dos. Ah ! mon cher Kuvezo, j'étais abattu ; quelqu'un, et cela ne faisait aucun doute, un sorcier, avait fait métamorphoser cette femme en singe, comme certains hommes se transforment en hommes-panthères, pour me troubler et le résultat était là. J'étais un meurtrier. Grâce à mes connaissances et à ma position dans le Parti, je ne fus pas incarcéré et l'enquête ayant conclu à un accident de chasse, je n'ai eu que des dommages et intérêts à payer à la famille. Alors, à la suite de toutes ces preuves et épreuves et après avoir longuement débattu en mon for intérieur, je fus obligé de conclure, malgré mon esprit matérialiste historique et dialectique, que mon oncle était derrière tout cela.

» D'ailleurs je le voyais partout, il me hantait jusque dans mes rêves, jusque dans mes nuits. Par exemple, une nuit que je m'étais levé à quatre heures du matin, réveillé par les miaulements étrangement humains d'un gros chat gris, je le surpris complètement nu devant ma porte alors qu'il devait normalement se trouver dans notre village, à cinq cents kilomètres de la capitale. J'ai tout de suite compris de quoi il s'agissait, car m'est immédiatement revenu en mémoire tout ce que je savais depuis ma jeunesse mais que j'avais toujours refoulé : il s'agissait de sorcellerie, car c'est ainsi que les sorciers voyagent la nuit dans leurs mystérieux aéroplanes ; ils parcourent comme cela des distances incroyables, pouvant faire un aller-retour Afrique-Amérique en une nuit. Je sais, je sais ce que tu dois penser, mon cher Kuvezo, qu'il fut un temps où je persécutais quotidiennement à la radio les gens qui croyaient à ces choses, que je les ai traités d'attardés mentaux, que j'ai exclu de nombreux autres membres du Parti en les accusant de croyances occultes, etc., etc. Tout cela est vrai mais que puis-je te dire maintenant ? Le fait est que mon oncle était là en costume d'Adam, figé dans la lumière que j'avais brusquement allumée comme une bête prise dans les faisceaux de la torche d'un

34

chasseur ! Ah ! si j'avais pu l'attraper alors, je l'aurais étranglé là, sur place, et mes ennuis auraient certainement pris fin aussitôt. Mais dans la panique, j'ai crié, j'ai hurlé, tandis que mon oncle tentait désespérément d'échapper à la crudité de la lumière en prenant des formes diverses, chien, chat, hibou, vieillard... et lorsqu'enfin ma femme et mes voisins alertés arrivèrent à la rescousse, il avait disparu ou plutôt il avait réussi à se rendre invisible comme seuls savent le faire les sorciers de chez nous. À la fin, les voisins m'ont calmé et ma femme m'a ramené au lit après m'avoir donné une bonne tasse de *mansunsu* comme sédatif.

» À mon réveil, j'entrai dans une violente colère et décidai de rendre inoffensif cet individu criminel pour la société. De toute façon, je serais en position de force vis-à-vis du Parti si je l'arrêtais ; on verrait dans mon geste une marque d'impartialité et de dévouement car, penserait-on, je n'hésitais pas à frapper durement même mes parents mes plus proches. Profitant donc de ma position dans le Parti, je fis arrêter mon oncle pour actes occultes et sorcellerie. Mais l'embarras fut grand devant la cour révolutionnaire : comment juger quelqu'un pour un délit qui ne *peut pas* exister ? Pour le Parti, la sorcellerie et autres manifestations mystiques n'existaient pas ; en plus, je n'avais aucune preuve matérielle pour accuser mon oncle, mis à part la voiture cabossée, ce qui n'était pas une preuve. J'en fus pour mes frais et je dois avouer que ma cote commença dès lors à baisser sérieusement parmi les camarades ; certains n'hésitaient pas à me traiter en privé de fétichiste, voire d'animiste ! C'était le comble ! Mais ce n'était pas tout, il fallait également prendre garde aux réactions de mon oncle, furieux de ce que je l'avais fait arrêter. J'étais pris entre le marteau et l'enclume, entre l'arbre et l'écorce.

» Alors, en esprit logique et conséquent, je ne voyais qu'une chose à faire, prendre de vitesse mon oncle avant qu'il ne m'arrive quelque chose de grave. En d'autres termes, il me fallait lutter contre lui à armes égales.

» Il faut te dire, mon cher Kuvezo, qu'il y avait déjà un précédent dans notre glorieux Parti : un étudiant s'étant noyé dans les eaux les plus poissonneuses de notre grand fleuve, les pêcheurs n'y allaient plus car le bruit courait que dans ces eaux vivait une sirène, une de ces créatures mystiques que nous appelons Mamiwata, la mère des eaux, qui entraînait avec elle les hommes, en particulier les beaux garçons, dans son royaume des profondeurs aquatiques. Pour contrecarrer cette peur qui causait une pénurie de poissons dans la capitale, nous avons invité le chef de l'État, président de notre Parti d'avant-garde marxiste-léniniste, à suivre les traces du grand Mao, c'est-à-dire à nager dans ces eaux devant les caméras de la télévision.

Mais avant d'envoyer des plongeurs délimiter exactement la zone dans laquelle notre président devait cantonner ses prouesses, nous avons fait déposer, à l'insu de la population, bien que nous n'y croyions pas, des œufs frais de poule au bord de l'eau comme nous l'avaient recommandé les féticheurs ; car, disaient-ils, la belle Mamiwata préférait les œufs aux beaux garçons, et pendant que notre président serait en train de nager, elle ne ferait pas attention, car, assise sur un rocher, elle serait tout occupée à casser et à manger ses œufs. Nous n'y croyions pas, je le répète, en tant que matérialistes conséquents, mais nous l'avons fait quand même car en Afrique, mon cher, on ne sait jamais...

» Donc, je décidai de combattre mon oncle par les mêmes armes. Aussi rendis-je visite à un vieil homme dont la réputation de *nganga* (le mot féticheur n'est pas adéquat pour exprimer toute l'étendue de son savoir) n'avait d'égale que la campagne que nous avions menée contre lui il y avait un peu plus d'un an, juste après ce fameux séminaire. Il avait été arrêté, bastonné, torturé (par bavure, je précise) par de jeunes militants un peu trop bouillants ; sa maison et ses fétiches avaient été incendiés pour l'exemple. J'ai longtemps hésité à l'approcher, mais avec beaucoup d'habileté – bâton et carotte – je réussis à l'aborder clandestinement et à lui exposer mon problème : en gros, je voulais qu'il neutralise mon oncle.

» Je fus agréablement surpris par l'empresse-
ment du vieux à m'offrir son aide malgré toutes les
misères qu'on lui avait fait subir sous mes ordres.
Mais à force de diriger les hommes, ils n'ont plus
aucun secret pour vous et j'ai tout de suite compris
les raisons de sa bonne volonté : il croyait qu'après
m'avoir rendu service, je lèverais les sanctions que
nous avions prises contre lui et peut-être même
reconstruirait-on sa maison incendiée. C'était de
bonne guerre. De toute façon, ce n'était pas un
problème car nous, au Parti, nous savons détruire
ou réhabiliter quelqu'un comme ça, vite fait, en un
tour de passe-passe dialectique.

» Il me fixa donc rendez-vous vers minuit,
comme il se doit lorsque l'on travaille avec les
forces des ténèbres, quelque part à la sortie de la
ville, en un endroit discret où l'on ne risquait pas
de nous déranger. J'avoue que j'avais un peu peur ;
aussi me fis-je accompagner par un membre sûr de
la famille qui ne pouvait pas me trahir. Nous
retrouvâmes là le vieux, ponctuel comme on n'en a
pas l'habitude en Afrique, à côté d'une vieille voiture brinquebalante au volant de laquelle se trouvait un jeune homme. Je me sentis trahi car je lui
avais demandé de venir seul, mais il me rassura tout
de suite :

» — Vous n'avez rien à craindre, c'est mon fils, il
ne dira rien. Je l'ai emmené avec moi parce que je
ne sais pas conduire, et nous devons nous rendre

assez loin, car ton oncle est si puissant qu'il n'y a qu'un endroit où je puisse réussir à défaire le filet dans lequel il t'a attaché, c'est sur la tombe de ton père.

» Au mot "tombe", je frémis, car je n'aimais pas du tout ça. Mais c'était trop tard pour reculer : quand on crache en l'air, il faut bien que ça retombe quelque part. Et puis ce n'était pas n'importe quelle tombe, c'était celle de mon père et celui-ci ne me voudrait que du bien ; cette pensée m'insuffla du courage.

» Le cimetière était à environ dix kilomètres de la ville. Nous prîmes place dans la voiture, le père et le fils devant, mon accompagnateur et moi-même derrière, roulant péniblement sur une piste sablonneuse et pleine de trous qui secouaient de façon inquiétante notre tape-cul dépourvu d'amortisseurs. Finalement nous nous garâmes quelque part et le fils resta dans la voiture pour la garder.

» Nous nous mîmes tous les trois à la file indienne, le *nganga* devant nous. Vraiment, c'était un brave homme, ce vieux féticheur : plein de sollicitude à mon égard, m'appelant "chef", me guidant avec compétence dans la nuit, cette nuit qui lui appartenait. La tombe de mon père était loin de la route mais nous la trouvâmes sans problèmes. J'étais tout d'un coup ému. À ce moment-là, je ne sais plus si j'y croyais ou si je n'y croyais pas ; mon esprit était trop fatigué pour prendre position dans un sens ou dans l'autre, je me laissais simplement guider. Le nganga sortit une lampe torche, éclaira le sol pour voir s'il ne traînait rien de dangereux par terre – un serpent, un scorpion, des fourmis rouges… – et nous demanda de nous agenouiller. Il s'agenouilla également, appela trois fois le nom de mon père comme au téléphone en disant "allô, allô, papa Kali", puis se lança dans un discours incompréhensible, comme s'il avait tout d'un coup reçu le don de glossolalie. Enfin il répéta trois fois "oui, j'ai compris", se tourna vers nous et dit : "Votre père a bien confirmé que c'est votre oncle le responsable…" Là, j'eus un dernier sursaut de matérialisme, je commençais à avoir des doutes car je ne crois pas à la vie après la mort ; j'avais rompu avec ce qui était l'un des traits essentiels de la cosmogonie africaine et particulièrement de mon ethnie, cette longue filiation, cette longue chaîne vivante qui liait les ancêtres fondateurs aux vieux, les vieux aux enfants, cette chaîne sacrée qui maintenait les morts parmi nous les vivants, et par conséquent évacuait l'angoisse métaphysique qui accompagnait la mort chez les indigènes d'Europe, cette vision globale de l'univers qui faisait que la force qui poussait la sève dans l'arbre était la même que celle qui faisait lever le sexe de l'homme : pour moi, mon père n'était plus qu'atomes de carbone et d'azote, il n'était plus que molécules d'acide phosphorique… Qu'il me dise avoir découvert la responsabilité de mon oncle grâce à son pouvoir de *nganga*, je suis d'accord, mais qu'il prétende faire parler mon père mort, là je n'y croyais plus. Mais je n'eus pas le temps de me ressaisir et l'embryon de doute disparut lorsqu'il continua : "Pour défaire le pouvoir de votre oncle, il faut que vous soyez dans votre état original, c'est-à-dire nus." Nous nous déshabillâmes sans hésiter. Il fit un petit tas de nos vêtements et les déposa sur la tombe. La nuit était noire, sans étoiles.

» Avec sa torche, il éclaira le contenu d'un petit paquet que je n'avais pas remarqué jusque-là : de la poudre à canon que nous appelons chez nous *tiya tua Mputu*, le feu d'Europe. Il récita encore une litanie puis nous demanda de fermer les yeux, ce que nous fîmes. Nous entendîmes une allumette craquer, puis un silence absolu pendant plusieurs secondes, ce silence absolu des cimetières qui ressemble à celui qui devait exister avant la création du monde, je veux dire avant le "big bang". Puis tout d'un coup une explosion terrible illumina la nuit et brisa le silence secret et sacré du cimetière. Nous sursautâmes, ouvrîmes les yeux et je vous le jure sur la tombe de mon père, jamais je n'ai connu une telle frayeur dans ma vie ! Le *nganga* avait disparu, emportant nos habits après avoir allumé la poudre. Nous prîmes aussitôt nos jambes à notre cou. Fuyant nu dans le cimetière, piétinant les offrandes sur les tombes, brisant des croix, tout le fonds de ma culture authentiquement africaine resurgissant brusquement, je me voyais poursuivi par les esprits de ces morts dont j'avais troublé le repos ; je sentais leur haleine chaude et leur respiration haletante dans mon cou. La peur-peur, la peur panique. D'un moment à l'autre, mon cœur allait bondir hors de ma poitrine ! Et lorsque j'entendis dans le lointain la voiture démarrer, je compris que le féticheur et son fils nous avaient abandonnés. Quant à mon compagnon, je ne savais de quel côté la peur avait mené ses pas. J'ai cru perdre la tête lorsque j'ai réalisé que j'étais tout seul dans ce grand cimetière au milieu des ténèbres ; peut-être même l'avais-je réellement perdue… car je ne sais toujours pas comment la patrouille de miliciens, militants révolutionnaires, me retrouva au petit matin, errant en costume d'Adam autour du cimetière, hagard et me parlant à moi-même, jusqu'au moment où j'ai repris mes esprits en voyant des fusils brandis sur ma nudité aux cris de "vos papiers, camarade !".

» Je pense qu'il est inutile de te raconter les détails de la suite ; tu dois être au courant surtout à cause du tapage qu'ils ont fait à la radio lors de mon exclusion du Parti, un parti que j'ai aidé à fonder, et comment en un tour de passe-passe dialectique ils ont démontré au bon peuple que j'avais toujours été un réactionnaire même dès avant le berceau. Il ne me restait plus qu'à quitter la capitale, abandonnant femme et enfants, et revenir à mon bon vieux Pointe-Noire, ma ville d'origine. Je me suis lancé dans un petit commerce pour pouvoir vivre mais j'ai fait faillite au bout de deux mois ; cela ne m'a pas étonné outre mesure puisque mon oncle est toujours derrière moi et m'en veut désormais à mort. Alors je tourne en rond. Il veut me tuer, mon oncle veut me tuer… »

Il se tut, soulagé. Je n'avais pas dit un mot pendant tout ce temps. Nos verres étaient vides et je sentis tout d'un coup le poids du silence autour de nous. En effet, il se faisait tard, le bar était vide, à part un ivrogne solitaire qui n'en finissait pas de terminer son dernier verre de vin rouge. J'avais l'impression que nous étions des personnages sur une scène étrange enveloppée par la nuit. Le barman avait arrêté la musique comme pour nous inciter à partir.

— Que penses-tu de tout cela, toi qui es professeur de sciences exactes ? dit-il, brisant le silence.

— Je ne sais pas, répondis-je.

— Tu ne me crois pas ? insista-t-il.

— La question n'est pas de te croire ou de ne pas te croire… Comment dire ?

— Mais tout en moi refuse de croire ! D'abord mon éducation chrétienne, puis mon matérialisme marxiste. Et pourtant…

— Et pourtant quoi ?

– Pourtant l'Afrique est là qui surgit, inattendue, par effraction presque, là où nous croyons l'avoir le plus efficacement enterrée. Mais après tout, qu'est-ce que la réalité pour une société ? N'est-ce pas finalement la façon dont elle réagit, les actes qu'elle pose en fonction de ce qu'elle croit ? Ce qui revient à dire qu'il n'y a aucune importance à savoir si ce à quoi elle croit est vrai ou faux (si ces termes veulent encore dire quelque chose), l'essentiel étant que cette croyance se traduise par une réalité sociale, psychologique, culturelle.

– Tu ne disais pas ça quand tu étais chef de la propagande idéologique du Parti.

Il balaya mes paroles de la main, un peu agacé, comme si je n'avais rien compris de ce qu'il avait tenté de me faire entrevoir. Puis parlant à lui-même :

– Mon oncle veut me « manger » comme le font les sorciers… On peut y croire ou ne pas y croire… une chose est sûre cependant, l'Afrique a ses mystères…

Il se leva sur ces mots et sortit, happé par la force des ténèbres. Je me sentis soudain abandonné et une sourde angoisse me saisit, je ne sus pourquoi. Je payai vite l'addition et je me jetai à mon tour dans la nuit. Elle n'était plus cette nuit fraternelle du début, mais une nuit lourde, palpitante, la nuit des chats nyctalopes, des chouettes et des hiboux. J'eus peur. Je me mis à courir, le cœur battant, à la recherche d'un taxi, pressé de retrouver le confort civilisé et sécurisant de ma chambre d'hôtel. Je n'en doutais plus, l'Afrique avait ses mystères...

UNE JOURNÉE DANS LA VIE
D'AUGUSTINE AMAYA

*L*A RAFALE de vent rabattit brutalement son pagne entre ses jambes et elle faillit perdre l'équilibre. Elle s'arrêta, déposa le panier qu'elle tenait à la main, rattacha le pagne, son mouchoir de tête, reprit le panier et pressa le pas. La pluie menaçait et, d'un instant à l'autre, les grosses gouttes caractéristiques des orages tropicaux de fin de saison de pluies allaient commencer à s'écraser sur la terre ; même si elle se mettait à courir, elle n'arriverait jamais avant la pluie : c'était si loin le rond-point de Moungali où elle habitait ! Elle détacha le nœud qu'elle avait fait à un coin de son pagne, en sortit l'argent et compta la somme qui lui restait, soixante-quinze francs CFA ; elle caressa les trois pièces métalliques de vingt-cinq francs, les fit sonner dans sa main, hésita un instant, et puis tant pis, elle décida de prendre un « foula-foula ».

Il fallait marcher jusqu'à la gare car il n'y avait pas de station de cars à la douane du Beach où elle se trouvait. Elle voulut porter le panier sur sa tête afin de se libérer les bras, mais le vent trop fort l'obligea à le reprendre à la main. Elle marchait aussi vite qu'elle pouvait pour atteindre la gare avant l'orage.

Fallait-il repartir au Beach demain pour cette histoire de carte d'identité perdue ? Elle ne voyait vraiment pas comment s'en sortir. Elle était allée trois jours de suite au poste de police du Beach, trois jours de suite elle était revenue bredouille. Aujourd'hui, elle s'était levée à cinq heures du matin afin de se trouver parmi les premières à passer ; elle avait marché à grands pas comme à son habitude et à six heures et quart elle était devant le guichet de police, en troisième position sur la file d'attente. C'était son jour de chance aujourd'hui car le responsable du bureau arriva plus tôt que d'habitude, à dix heures. Le temps de ranger ses papiers, de classer ses dossiers, de donner des ordres à ses subordonnés, il était onze heures ; le tour d'Amaya arriva à onze heures trente. Elle pria intérieurement que le chef fût de bonne humeur.

– Qu'est-ce que tu veux ? demanda-t-il tout en

arrangeant la médaille portant effigie du fondateur du parti, accrochée à l'un des revers de sa veste.

– Je reviens au sujet de ma carte d'identité que vous avez perdue.

– Je n'ai rien perdu du tout, tonna-t-il. Tout cela est arrivé par votre propre négligence.

– Ce sont vos services qui nous ont demandé de laisser les cartes et...

– Et quoi encore ? Vous n'avez qu'à ne pas obéir à des ordres absurdes !

– Mais...

– Mais quoi ?

– Non, monsieur camarade chef.

– Cette histoire de cartes d'identité perdues commence à m'emmerder. Nous allons en finir une fois pour toutes.

Il se retourna pour regarder l'horloge fixée au mur derrière lui. Amaya suivit le mouvement du corps massif, gonflé d'autorité. À droite de l'horloge était accroché le portrait juvénile et lippu de l'Immortel président, mort assassiné par elle ne savait trop qui, tant les versions présentées étaient contradictoires. Tandis qu'à gauche, le mur était tapissé de slogans qui ne disaient rien à Amaya pour la simple raison qu'elle ne savait pas lire. Le camarade chef se retourna, consulta sa montre-bracelet, comme pour confirmer l'heure de l'horloge, puis grogna à travers la moustache qui ornait sa délicate bouche « qui ne mangeait que de la viande », pour reprendre les paroles du plus célèbre musicien du pays :

— Comme il est déjà midi, revenez cet après-midi à quatorze heures.

— Mais...

Il claqua la fenêtre du guichet.

Amaya hésita alors sur ce qu'il fallait faire. Repartir jusqu'à Moungali prendrait trop de temps, et puis ce serait dépenser de l'argent inutilement ; il fallait donc attendre. Elle sortit et se promena le long du débarcadère. Les vedettes arrivaient, accostaient, débarquaient des commerçantes qui criaient, hurlaient, se disputaient avec les douaniers. Ces derniers, maîtres absolus des lieux, empoignaient les commerçantes, les rudoyaient, aboyaient des ordres, n'hésitant pas à lever la chicotte quand elles ne s'exécutaient pas assez vite à leur gré ; ou alors, ils confisquaient les marchandises qu'ils ne rendaient que contre gratification. Mais ces femmes ne trouvaient rien d'anormal à ces bastonnades, à ces injures et outrages que les douaniers leur faisaient subir, car, depuis leur naissance, toutes les autorités, coloniales ou post-coloniales, rénovatrices ou rédemptrices, réactionnaires ou révolutionnaires, adeptes du socialisme bantou ou du socialisme scientifique marxiste-léniniste, toutes les avaient toujours traitées avec le même mépris ; et se figurer un monde où des citoyens et citoyennes seraient traités avec un peu plus de dignité, de compassion

et de compréhension était au-delà de leur imagina-
tion la plus folle. Et elles étaient là tous les jours,
bousculées, étouffant sous le soleil, redoublant de
vigilance chaque fois qu'un douanier ou autre personnage louche s'approchait trop de leurs marchandises.

Amaya aussi gagnait sa vie à ce petit commerce.
Profitant de la baisse du zaïre au marché noir, elle
allait acheter quelques petites choses à Kinshasa,
du beurre, de l'huile, du savon, de la farine – pour
en citer quelques-unes – qu'elle allait vendre au
détail à Brazzaville le soir dans son quartier, à la
lumière d'une chandelle faite d'un torchon de linge
trempé dans du pétrole lampant. La journée, elle
vendait au marché de la Gare où elle faisait ses
meilleures affaires ; on les avait chassées de là à
coups de bottes militaires et de pelles, de bulldo-
zers, le jour où le président de la république avait
décidé de placer le marché sur son itinéraire jour-
nalier ; sa sécurité primait le gagne-pain quotidien
du petit peuple. Elle ne faisait pas beaucoup de
bénéfices mais assez quand même pour nourrir les
six gosses qui restaient sur les huit que lui avait
faits son ex-mari ; l'un était mort de paludisme à
dix mois ; l'autre, jeune pionnière de onze ans,
avait été écrasée par un char lors du défilé annuel
célébrant la révolution. Après treize ans de
mariage, son mari l'avait abandonnée pour
convoler en injustes noces avec une femme plus

jeune, plus instruite, plus digne qu'elle d'un homme qui venait d'accéder à de hautes responsabilités politiques et syndicales après avoir végété pendant quinze ans comme petit planton. Elle s'était retrouvée toute seule à louer une maison avec six gosses sur les bras. Ne sachant ni lire ni écrire, ayant assez de dignité pour ne pas sombrer dans la prostitution si fréquente ces jours-ci, elle avait été assez courageuse pour se lancer dans ce petit commerce de détail avec très peu de ressources. Son ancien mari, devenu membre du parti unique d'avant-garde, était désormais intouchable ; il n'était donc pas question de lui faire un procès pour obtenir une pension alimentaire quelconque ; d'ailleurs, elle n'était pas assez instruite pour savoir que cela existait. La société phallocrate n'a-t-elle pas toujours été ainsi ? Les hommes prenaient les femmes et les abandonnaient à leur gré ; un mari pouvait avoir plusieurs maîtresses, la société n'y trouvait rien à redire tandis qu'une femme était clouée au pilori, chassée du logis matrimonial, n'eût-elle eu qu'un amant accidentel.

Une nouvelle vedette quitta l'embarcadère et se mit à fendre le Congo entre deux écumes blanches en direction de Kinshasa, le pavillon zaïrois jaune et vert claquant au vent. Des oiseaux au pelage noir et blanc dont elle ignorait le nom jouaient avec l'eau et le vent, poursuivaient le bateau, le dépassaient, puis revenaient à la poupe pour plonger en quête de poissons. Elle regarda la capitale de l'ancienne colonie belge dresser fièrement ses tours de l'autre côté du fleuve ; ses yeux revinrent vers l'eau sur laquelle traînaient nonchalamment des plaques de jacinthes aux fleurs blanchâtres.

Elle demanda l'heure : « Il est treize heures zéro cinq, madame. » Elle avait encore une heure à attendre. Elle eut faim. Elle dénoua le nœud de son pagne : elle y avait placé trois cents francs. Elle acheta un petit pain de manioc pour cent francs, des safous cuits à l'eau pour cinquante francs et des bananes mûres également à cinquante francs. Elle s'assit sous le grand fromager près du bâtiment des douanes et mangea. Elle eut alors soif et acheta du tangawissi fortement épicé à vingt-cinq francs puis alla se placer devant le guichet du camarade chef de poste. Elle eut de la chance, elle était la première. Elle attendit.

14 h 45 : le camarade chef arriva. Amaya pria intérieurement pour que tout se passât bien ; sinon c'était la famine pour sa grande famille. Cela faisait trois jours qu'elle n'était pas allée à Kinshasa, ses stocks étaient épuisés ; la fin du mois approchait, ce qui voulait dire un loyer à payer. Les propriétaires étaient des gens bizarres ; un fonctionnaire pouvait rester deux mois sans acquitter de loyer, ils ne disaient rien, c'était la faute de l'État qui ne payait ses employés qu'avec deux, voire trois mois de retard ; mais quand une pauvre femme commer-

çante avait un retard de quelques jours, c'étaient des menaces d'expulsion. Ah ! fasse le ciel que cette question de carte d'identité soit réglée ! Mais qu'est-ce qui leur avait pris pour changer ainsi les règles du jeu ? Avant, on gardait sa carte d'identité sur soi pendant le voyage aller et retour. Maintenant il fallait la laisser au poste de police de la frontière. Il y a quatre jours donc, elle avait laissé, comme cela était désormais exigé, sa carte aux services *ad hoc* ; elle avait passé la journée au Zaïre puis elle était rentrée avec ses marchandises. Au moment de récupérer ses papiers, il n'y avait pas de carte d'identité. On lui avait demandé de revenir le lendemain, puis le lendemain, puis le lendemain. On la traitait comme si elle était responsable de la perte et cela bloquait son commerce.

Du temps des colons, il était facile d'aller à Kinshasa ; maintenant, cela était beaucoup plus compliqué, on exigeait beaucoup plus de papiers. Bien sûr qu'elle comprenait la nécessité de contrôler sévèrement les traversées car on leur avait expliqué à la radio que la révolution était menacée par les bourgeois bureaucrates – elle ne savait toujours pas ce que cela voulait dire exactement –, qu'elle était continuellement agressée comme au Viêt-nam et qu'il fallait la défendre. Mais peut-être que perdre les cartes d'identité de pauvres commerçantes faisait partie de la défense de la révolution. Elle n'était pas assez compétente pour juger.

Le guichet s'ouvrit ; elle sursauta, arrachée à ses pensées. Elle s'approcha, timide, essayant de résister à la poussée des autres derrière elle.

– Bon, grogna encore une fois le camarade responsable et membre du parti, qu'est-ce que tu veux ?

– J'étais déjà là ce matin et vous m'avez demandé de revenir cet après-midi ; c'est pour la carte d'identité que vos services ont... n'ont pas retrouvée.

– Ah, ouais, je m'en souviens. Je viens de discuter de ce problème avec mes adjoints, ils sont en train de s'en occuper. Revenez demain matin. Au suivant.

Amaya crut qu'elle allait éclater. Elle se retint pour ne pas pleurer. Encore une journée de perdue, encore une journée de commerce manquée ! Demain sera-t-il un autre jour ? Elle sortit les jambes défaillantes, elle se réhabitua aux bruits et à la chaleur de la rue et se mit à marcher à pas lents.

Le vent se leva en tourbillons, faisant tournoyer les feuilles mortes en une danse qui ressemblait à une danse de diables. Amaya pensa brusquement à sa petite dernière, celle qui avait eu une poussée de fièvre paludéenne hier soir ; elle lui avait donné un comprimé de chloroquine, cela l'avait-elle guérie ? Inquiète, elle se mit pratiquement à courir et arriva à la gare, essoufflée.

Ils étaient là les « foula-foula », monstres bleus, gros scarabées inconfortables que l'on prenait d'assaut comme les salles du cinéma ABC de Moungali. Deux partirent, puis trois. Elle délia le nœud au coin de son pagne, sortit une pièce de vingt-cinq francs et refit le nœud ; elle fixa bien son pagne autour de ses hanches et se jeta dans la mêlée. Une centaine de personnes voulaient entrer en même temps dans le car qui ne contenait que trente places. On s'injuriait, on se lançait des coups de pied, on poussait, on s'écrasait. Elle réussit à mettre un pied sur le marchepied, et pendant qu'elle essayait de s'agripper à la rampe fixée à la carrosserie, le contrôleur cria « boré », mot codé signifiant au chauffeur de démarrer. Le bus s'arracha violemment au coup d'accélérateur. Amaya fut rejetée en arrière mais son pied resta coincé entre deux degrés du marchepied ; elle fut traînée sur une dizaine de mètres sous les cris horrifiés de la foule, réussit à dégager son pied et retomba sur le dur macadam pendant que le car, continuant sur sa lancée, disparaissait là-bas, au carrefour du magasin Monoprix. Elle se releva, rassembla les lambeaux de son pagne déchiré, s'épousseta et essuya un peu de sang qui coulait de ses écorchures. Une bonne âme lui tendit son panier. Elle la remercia avec sérénité et ramassa ses effets éparpillés. Les premières gouttes de pluie se mirent alors à tomber, puis aussitôt ce fut le déluge des pluies tropicales.

Augustine Amaya mit son panier sur sa tête et, pleine de dignité, sa frêle silhouette s'éloigna ruisselante de pluie vers le rond-point de Poto Poto.

Demain sera-t-il un autre jour ?

LE PROCÈS
DU PÈRE LIBIKI

I

L E VIEIL IKOUNGA regarda la pauvre bête mourante. Elle était étendue sur le flanc, la langue gonflée et lacérée à force de laper la surface rugueuse de la vallée desséchée à la recherche d'une goutte d'eau. De toute son existence, il n'avait jamais vu pareil phénomène et jamais dans leurs contes et autres récits les ancêtres et les anciens n'avaient fait allusion à une telle sécheresse dans ce pays en plein équateur : quatre mois de suite sans une goutte d'eau et ce au milieu de la saison des pluies ! Et chaque jour le soleil, de six heures à dix-huit heures, pleins feux ! Il tâta la chèvre du pied, elle ne bougea pas ; les yeux exorbités étaient horribles à voir et la langue pendante, ensanglantée, couverte d'un mucus visqueux, commençait déjà à attirer les mouches. Elles étaient partout ces mouches, grosses et grasses, vert bleuté et velues ; elles couraient sur les yeux, entraient par les naseaux et resssortaient par la bouche. Le vieux Ikounga regarda encore la bête – c'était la dernière de ses cinq chèvres – puis souleva son chapeau de paille, s'essuya le front et le replaça. Il leva les yeux. La belle plaine d'alluvions où coulait la rivière n'était plus qu'une surface craquelée et dure ; là-bas, aussi loin que ses yeux pouvaient le porter, la savane était sèche, avec des plaques de terre nue entre les touffes d'herbes ; chaque fois que le vent soufflait, il entraînait tant de poussière qu'il fallait se couvrir le nez avec un mouchoir. Une seule étincelle et il ne resterait de cette plaine que ces quelques arbustes rabougris. Il faillit pleurer. Il se mit à remonter péniblement la colline qui menait au village. L'air était si sec qu'il lui semblait que sa peau se fendillait comme celle d'un éléphant. Il arriva devant sa case, essoufflé. Tout le village était assoupi. Même les femmes, ces créatures qui supportaient tout, n'osaient plus aller aux champs ; elles se prélassaient comme les hommes à l'ombre des safoutiers ! De toute façon rien n'aurait pu pousser. Il s'affala tristement sur sa chaise longue. Pourquoi cette calamité sur le village de Madzala, beau bourg bien propre avec ses maisons en bois de palétuvier et ses toits en tuiles

de bambou bien alignés le long de la route automobile ?

Le chef du village a fait tout ce qui était en son
pouvoir : il a essayé tout son savoir sans aucun
résultat. Le commissaire du gouvernement, saisi de
la question, est venu faire un tour avec des experts
internationaux de l'ONU et de la FAO, mais ils
n'ont rien changé à la situation, et l'ingénieur blanc
qui a dirigé les travaux est reparti sans avoir rien
apporté pour soulager les souffrances des villageois. Le vieil Ikounga tournait et retournait tous
ces problèmes dans sa tête. Sa récolte d'arachide
était gâchée : il perdait ainsi plus de vingt mille
francs CFA ; son petit troupeau de chèvres était
décimé. Il n'était pas d'ailleurs le seul dans ce cas.
Le chef du village, le père Mouko, avait perdu plus
du double de ce que, lui, Ikounga avait perdu.
Tout le village était ruiné et la famine commençait à
se faire sentir dans la région. Qu'allaient-ils
devenir ? Quelqu'un dans le village lui avait sug-
géré que le seul moyen de conjurer ce mauvais sort
était le sacrifice d'une vie humaine ; cela était
impensable. De toute façon on ne tuait plus
quelqu'un comme cela, sans aucune raison
scientifique. S'il fallait sacrifier quelqu'un, il fallait
démontrer clairement, légalement, scientifiquement
sa culpabilité. C'était la règle depuis le dernier
coup d'État qui, après avoir réajusté la révolution,
avait imposé dans tous les villages le socialisme

scientifique librement choisi par le peuple. Comment donc arrêter cette calamité ?

Le vieil Ikounga continuait à tourner et à retourner toutes ces questions dans sa tête. « Réfléchissons un peu, se dit-il. Cette sécheresse n'est pas naturelle, car même les experts blancs n'en sont pas venus à bout. Que peut-il y avoir derrière tout cela ?... Voyons, la dernière pluie a eu lieu il y a quatre mois, quel événement s'était passé alors ? Ah ! le mariage de la fille de Likibi... ouais, cette fille qu'il m'a refusée et qu'il a refusée au père Mouko. Ce jour-là ils avaient dansé toute la nuit... Non, c'était l'époque où il pleuvait encore tous les jours, ils n'auraient pas pu danser toute la nuit... »

Il entendit son voisin crier et jurer contre une mouche. Ah, tout le monde était si énervé !

«...et pourtant je me souviens bien qu'ils avaient dansé toute la nuit, c'est la veille qu'il y a eu cet orage qui a emporté le toit de la maison de Bakala alors qu'il était au lit avec sa femme... » Il fouilla intensément dans sa mémoire et tout d'un coup il sursauta et se frappa le front sous l'éclair d'une illumination fulgurante : « Mais oui, la pluie avait été arrêtée ! »

Il se rassit brutalement sous le coup de la révélation ; il revoyait maintenant la scène avec précision. Quoiqu'il eût promis de ne pas participer aux festivités, de ne pas boire le vin du mariage parce que le père Likibi lui avait refusé sa Moukiétou, le vieil Ikounga n'avait pu s'empêcher de rôder dans les parages, observant, écoutant et retenant tout. Ainsi, lorsqu'on avait commencé à danser, il avait vu de gros nuages s'amonceler, suivis de coups de tonnerre et d'éclairs qui zébraient le ciel de façon spectaculaire. La soirée qui débutait à peine allait être gâchée. Qu'allait-on faire de ces gens venus de lointains villages ? Qu'allait-on faire des dames-jeannes de vin de palme et d'ananas, des poulets et des moutons ? La réponse ne tarda pas, on fit appel au père Likibi. Ce dernier, heureux, assis au milieu de ses hôtes de marque après avoir accompli son devoir de père – après l'oncle, il avait béni sa fille et le mari de sa fille, il avait fait appel aux anciens en crachant du vin aux quatre vents pour leur demander de donner à la jeune mariée des garçons, des filles et des jumeaux – ce dernier donc savourait sa pipe des grandes occasions.

Le père Likibi sollicité se leva, regarda le ciel, mouilla avec sa salive un doigt qu'il tendit au ciel pour déterminer la direction du vent, puis indiqua l'endroit exact où il fallait allumer un feu. On fit donc un grand feu de bois à côté duquel il déposa une bouteille remplie d'eau, un mortier et un pilon. Il ficha par terre un balai fait de nervures de feuilles de palmes sèches, accrocha quelque part un cra-paud vivant grand amateur d'eaux de pluie. Puis il prononça quelques paroles, dont lui seul connaissait le sens, et des femmes portant des rameaux firent des va-et-vient, chantant :

« Ô ciel tu peux rester sombre
mais toi pluie ne tombe pas… »

et poussant des cris rauques. Une demi-heure plus tard, un vent léger se leva et les nuages vaincus se dispersèrent, emportant la pluie avec eux. Le père Likibi se remit alors à savourer sa pipe parmi ses invités. On dansa toute la nuit, alternant tam-tams et rythmes traditionnels pour les plus âgés, rythmes modernes, reggae, pop, disco, etc., pour les plus jeunes grâce aux électrophones à piles.

Depuis ce jour-là, aucune goutte d'eau n'était tombée sur le village de Madzala.

Le vieil Ikounga, toujours assis sur sa chaise longue et transpirant abondamment, revoyait ses bêtes mortes, ses plantations d'arachide infructueuses, la terre desséchée, le mariage de Moukiétou, le soleil implacable. Ah, oui, c'était bien cela, Likibi n'aurait pas dû arrêter la pluie ce jour-là ! Il se leva de son siège, le regard déterminé et marcha d'un pas décidé vers le hangar du chef. Il entra, essuya la sueur de son front.

– Bonjour, mon cher Ikounga, assieds-toi, dit le chef Mouko. Il fait chaud, n'est-ce pas, ajouta-t-il, comme si en énonçant une évidence, l'évidence de sa propre sagesse n'en serait que plus éclatante.

Il se prélassait lui aussi sur sa chaise longue en peau de chèvre, promenant inlassablement sur la savane desséchée ses yeux douloureusement clignés. Cette sécheresse l'avait doublement ruiné, matériellement et moralement. Moralement, en tant que chef spirituel de la communauté, n'avait-il pas été incapable de résoudre ce problème grave qui mettait en cause leur survie ? Ne chercherait-on pas à le démettre de sa fonction en invoquant son incapacité à nouer avec les ancêtres ? Mais plus encore, maintenant que la position de chef était rémunérée par l'État qui faisait du titulaire l'interprète des décisions du parti unique dans les villages, il fallait tout faire pour garder l'emploi, source sûre d'un revenu qui ne dépendait pas des aléas du climat. Il emplit un verre d'eau provenant de la gargoulette qu'il gardait jalousement à côté de lui et le tendit au vieil Ikounga. Ce dernier le prit, le vida avidement, remercia.

– Je vois que quelque chose te tracasse, continua le chef Mouko, utilisant encore l'évidence pour prouver sa sagacité de leader spirituel.

Ikounga adopta une attitude grave, comme quelqu'un qui avait beaucoup réfléchi et qui savait l'importance des paroles qu'il allait prononcer :

– Chef Mouko, j'ai beaucoup réfléchi ces temps-ci ; cette sécheresse n'est pas naturelle, il y a quelque chose qui se cache là-dessous.

– Tu ne m'apprends-là rien de nouveau,

Ikounga, j'y ai aussi pensé. Tu sais que mon premier souci est le bonheur de la communauté ; depuis ce sinistre je ne mange presque plus, je pense jour et nuit à ces gens qui ont tout perdu et à cette famine qui nous menace. J'ai compris que cette calamité n'était pas naturelle le jour où l'ingénieur blanc a quitté le village sans avoir trouvé une solution, car les Blancs ne peuvent pas résoudre les problèmes créés par nos puissances surnaturelles. Il y a donc, comme tu dis, quelque chose qui se cache là-dessous. Mais dis-moi, veux-tu préciser ta pensée : tu veux bien dire que *quelque chose* se cache là-dessous ou bien *quelqu'un* ?

– Ah ! Mouko, tu n'es pas un chef pour rien. Tu as compris tout de suite ce que je voulais dire. Ne crois-tu pas que… peut-être… enfin… qu'il pourrait y avoir une personne…

– Ikounga, l'interrompit brusquement le chef qui se rappela soudain qu'il représentait aussi le Parti dans le village. D'ailleurs, à sa nomination on l'avait fait venir dans la capitale – il en était encore tout émerveillé – où, pendant une semaine, logé, nourri, véhiculé aux frais de l'État et argent de poche compris, on lui avait fait subir ce qu'on appelait dans le jargon officiel un bain idéologique : comment grâce à l'idéologie révolutionnaire incarnée dans le Parti il fallait abandonner la superstition, les traditions rétrogrades et aller de l'avant dans la modernité grâce à la science…

– Ikounga, interrompit-il donc son interlocuteur, ne sais-tu pas que nous ne devons plus croire aux esprits malfaisants, aux sorciers, au culte des ancêtres puisque, comme on nous l'a dit là-bas dans la capitale et aussi à la radio tous les jours, la science et le socialisme scientifique nous apprennent qu'il n'existe pas d'esprits surnaturels malfaisants ?

Le vieil Ikounga se rappelait cela en effet car le chef Mouko avait, dès son retour, et selon les ordres reçus, convoqué une réunion de tout le village pour rendre compte de son séjour dans la capitale. La réunion avait d'ailleurs été très houleuse. Il avait ordonné aux villageois de ne plus rendre hommage aux ancêtres, de détruire les fétiches car ceux-ci témoignaient d'une mentalité arriérée, de ne plus exiger de dot lorsqu'on mariait sa fille ou de refuser de la payer lorsqu'on vous la demandait, et, pour ceux qui étaient croyants, de ne plus prier : c'était à cause de tout cela que le pays n'avançait pas sur la voie de la libération économique, c'était pour cela qu'il y avait des récoltes aux rendements médiocres, des mauvaises routes, du paludisme, de la drépanocytose, des femmes stériles, etc.

Likibi le premier l'avait interrompu :

– Mouko, tu nous prends pour des imbéciles ou quoi ? Tu crois que tu as affaire à des enfants ? Cesse de nous raconter des bêtises ! On t'a emmené dans la grande ville, tu as bien bouffé, tu as vu les lumières électriques, on t'a donné de l'argent, des femmes et une médaille rouge, tu es revenu gros et gras comme un cochon bien nourri, et au lieu de nous fiche la paix tu nous déranges pour nous raconter des conneries. Si les prêtres et tous les Blancs qui étaient ici avec leurs « mbouloumbouloul *» n'ont pas réussi à nous faire abandonner nos coutumes qui viennent des ancêtres fondateurs, ce n'est pas toi, ni tes petits militaires au pouvoir qui y arriveront.

Tout le monde avait applaudi. Mouko s'était fâché.

– Je représente le Parti et le gouvernement, je peux vous faire tous arrêter, je peux te faire mettre en prison, Likibi...

– Allez, cesse tes conneries...

– Tu sais à qui tu parles ? Le Parti...

– Le Parti de ta maman...

Brouhaha, tout le monde prenait le parti de Likibi, le véritable père spirituel du village. Seul Ikounga était du côté de Mouko, sans trop le montrer cependant.

– Je vous répète que finis les fétiches, finie la dot..., criait Mouko d'une voix où perçait la colère.

– Je vais marier ma fille, je toucherai la dot et je verrai qui m'en empêchera, hurla le père Likibi.

– Maintenant, continuait le chef Mouko faisant semblant de ne pas avoir entendu le défi lancé par

* *Miliciens coloniaux. (N. d. A.)*

72

Likibi, si nous ne voulons plus avoir de rhumatismes et des accidents avec les camions qui viennent chercher nos récoltes, si nous voulons avoir de meilleures récoltes et si nous voulons que nos femmes nous restent fidèles, il n'y a plus qu'une chose qui compte, le socialisme scientifique. Voici désormais nos nouveaux guides : il sortit une photo du général-président, puis des photos de deux Blancs barbus, tellement barbus qu'on se demandait comment ils faisaient pour trouver le trou de leur bouche quand ils mangeaient, et enfin la photo d'un troisième Blanc, chauve celui-là, mais portant moustache et barbichette de bouc, tiré à quatre épingles dans un costume trois-pièces.

– T'es pas fou, non, Mouko, tu veux qu'on remplace nos anciens maîtres blancs par de nouveaux maîtres blancs…

– T'as pas une photo du général Charles de Gaulle pour moi, cria un ancien combattant arborant ses médailles de la Deuxième Guerre mondiale.

– Et celle du pape, lança un chrétien découvrant sa croix…

Harcelé, hué, le chef Mouko avait abandonné la partie et n'avait jamais eu le courage d'afficher les photos devant sa case, comme on le lui avait demandé dans la capitale.

Tout cela, Ikounga s'en souvenait. Il resta silencieux un moment, puis habile, détourna la difficulté :

– C'est justement cela, dit-il. Nous devons éliminer d'entre nous, nous devons sacrifier sans hésiter pour le progrès et la modernité toute personne qui essaierait de retarder notre marche vers le... le... (il avait oublié le mot français qui désignait la chose, mot qu'il avait pourtant entendu plusieurs fois à la radio) le... cette chose scientifique que nous voulons tous, c'est quoi déjà ?

– Le socialisme, dit le chef Mouko avec orgueil, voyant là une autre occasion de briller, lui qui avait appris le mot par cœur.

– Oui, c'est ça. Donc comprenez-moi bien, chef, je n'aime pas les sorciers et je n'aime plus les féticheurs, je suis pour la science... Je pense donc que s'il y avait une personne parmi nous qui continuerait à exercer ces pratiques arriérées qui empêchent notre sol de produire, la pluie de tomber et le pays de progresser vers le... le... cette chose-là.

– Le socialisme, répéta le chef.

– Oui, c'est ça, s'il y avait une telle personne parmi nous, il ne faut pas hésiter à l'éliminer.

Le chef Mouko gratta sa tête parsemée de cheveux blancs ; ses yeux errèrent longuement sur la plaine brûlée de soleil. Là-bas, le vent et la poussière s'étaient levés ; il faudrait bientôt éteindre tout feu pour éviter des risques d'incendie. Il contempla le village écrasé par la torpeur et, çà et là, les bêtes mourant de soif et d'inanition. Il resta longtemps silencieux puis son regard revint sur le vieil Ikounga. Il semblait avoir trouvé la solution, quoiqu'il parût un peu embarrassé par ce qu'il allait dire.

– À dire vrai, mon cher Ikounga, cette pensée a plusieurs fois effleuré mon esprit. Il doit exister dans ce village quelqu'un qui exerce des pratiques fétichistes car il est évident que cette sécheresse n'est pas naturelle. Mais je suis le chef, je ne dois pas dire n'importe quoi, je dois être très prudent. Cependant, puisque tu m'en as parlé le premier et que tu es un représentant de la base de notre Parti, je peux maintenant dire publiquement ce que je pense. Nous ne sommes pas de ceux qui hésitent à choisir entre la tradition et la science. Nous sommes pour le progrès et le socialisme scientifique comme l'a expliqué le nouveau chef bien-aimé de notre parti unique dont je suis le représentant dans ce village. S'il faut sacrifier quelqu'un pour que la pluie recommence à tomber, pour que les grains et les plantes recommencent à se gonfler de l'eau bienfaisante de la vie, ce ne sera pas selon les rites archaïques mais selon la voie moderne. Nous devons démontrer au-delà de tout doute que la personne est bien coupable. À qui as-tu pensé ?

– Tu te souviens du mariage de Moukiétou, la fille de Likibi ?

– Bien sûr ! C'est la fille qu'il t'a refusée.

– Il te l'a refusée aussi, toi qui es chef !

– Ouais, mais là n'est pas la question. Je me souviens bien de ce mariage. Continue.

– Est-ce que tu te souviens pourquoi il n'a pas plu cette nuit-là ?

– Tope là, fit le chef en tapant sa main dans celle d'Ikounga. Nous nous sommes compris, ce n'est pas la peine de continuer. Je revois encore ces beaux nuages noirs et lourds gonflés de pluie et de promesses comme une femme en état de gestation.

– Eh oui, c'est Likibi qui a arrêté la pluie ce jour-là.

– Si j'ai hésité longtemps à le dénoncer, c'est que, comme je te l'ai dit, je ne pouvais, le premier, lever le doigt contre lui car je suis le chef de ce village. Je suis chef, donc tout le monde est sous ma protection. Mais maintenant que l'initiative est partie de la base, il est de notre devoir de rendre publiques les entreprises anti-scientifiques de Likibi. Il n'y a plus à hésiter.

II

Portée par la rumeur publique qu'on appelait dans le pays « Radio Trottoir », tout le monde ne faisait que répéter la même nouvelle : « Le père Likibi allait être jugé ! » Cependant, malgré la rumeur, beaucoup étaient sceptiques. Le père Likibi avait été pendant des années le protecteur spirituel, non pas seulement du village, mais de la région tout entière. Il présidait aux rites de la circoncision, aux rites de passage, aux mariages, à toute cérémonie où l'on renouait avec les ancêtres. Personne n'avait vu le père Likibi naître ! Mais la rumeur persistait. Elle disait même que le père Likibi avait été arrêté une semaine plus tôt, qu'il avait été soumis à la torture de routine qu'on infligeait dans le pays à tout prisonnier contre-révolutionnaire. Certaines personnes prétendaient même qu'il avait déjà été envoyé dans la capitale du pays ; d'autres racontaient que, étant réactionnaire et pro-impérialiste, il s'était transformé en vent, un vent si violent qu'il avait brisé la porte de la prison, ce qui avait permis au détenu de s'échapper... et ainsi de suite. Le père Likibi allait être jugé, le père Likibi allait être jugé !

La nouvelle devint officielle lorsque effectivement l'instituteur Konimboua Zacharie, originaire
du village, fut sollicité par le comité central du
Parti, bras droit et fils aîné du parti unique, pour
présider un tribunal exceptionnel. M. Konimboua,
étant originaire du coin, n'aurait aucune difficulté à
faire passer la sentence arrêtée par les instances
dirigeantes du parti : on ne pouvait l'accuser de tribalisme. On disait qu'il était professeur agrégé,
mais certains mauvais esprits prétendaient qu'il
n'avait que son brevet d'études élémentaires. Il
devait certainement avoir des qualités exception-
nelles, car comment expliquer cette montée spectaculaire ? On disait que de moniteur supérieur il
était subitement passé professeur agrégé dès son
entrée au comité central. De toute façon, qu'il fût
agrégé ou non, cela n'avait aucune importance, car
la révolution remise sur les rails par le dernier
putsch avait mis fin au carriérisme et au culte des
diplômes. Un éboueur pouvait se retrouver du jour
au lendemain chef d'État, un soldat de deuxième
classe commandant en chef des forces armées ;
l'essentiel était d'être rouge en dehors. Et rouge
Konimboua Zacharie l'était !

Il arriva donc à Madzala dans une Land Rover
administrative et, comme tout homme de progrès,
il était sobrement vêtu, ignorant les fioritures qui
caractérisent les vêtements des bourgeois bureaucrates tels que veste, cravate, chemise avec boutons

de manchettes, et ignorant également les ember-lificotages et autres chinoiseries qui caractérisent la réaction, la superstition, telles les largeurs et amplitudes des grands boubous africains qui entravent l'efficacité. Sobre et révolutionnaire : une chemise kaki sans col que les progressistes appellent « col Mao » mais que les mauvaises langues appellent « trou de cabinet », un pantalon du même tissu. Comme chaussures, il portait des sandales en caoutchouc taillées dans de vieux pneus d'automobile, bien sûr dans le style de l'héroïque Viêt-cong du temps où il combattait l'impérialisme américain. Lunettes, attaché-case bourré de papiers et un poste radio à transistors et à piles, afin d'être immédiatement renseigné au cas où des commandos fascistes, manipulés par l'impérialisme, essaieraient de franchir le fleuve pour agresser la révolution en marche, qui remportait chaque jour des victoires de plus en plus grandes.

Konimboua Zacharie était de petite taille ; son visage, taillé à coups de serpe, reflétait le côté goulag tropical et bête brute de la révolution plutôt que son côté fraternel et généreux. Il tentait, à pas qu'il voulait fermes, d'exhiber une démarche athlétique, mettant ainsi à l'épreuve les malheureux boutons de son accoutrement, qui essayaient héroïquement de maintenir le gros ventre bedonnant dans les limites du sobre attirail vestimentaire. S'il ne s'était agi du camarade

Konimboua Zacharie, on se serait mépris sur le sens de la rondeur de ce bidon, on se serait cru devant une bedaine réactionnaire habituée aux bombances qu'affectionne la bourgeoisie fainéante, bureaucrate et compradore, plutôt que devant un ventre révolutionnaire, habitué aux rigueurs et privations qu'exige une praxis scientifiquement socialiste.

Il faisait chaud, très chaud. Le vent s'était de nouveau levé et un écran de poussière recouvrait lentement ce qui restait de la plaine. S'il ne pleuvait pas vite, il y aurait bientôt, en plus des risques d'incendie, un risque sérieux d'épidémie à cause de ces cadavres de bêtes gisant partout, de ces mouches grasses, bleutées, et de ce vent sec qui transportait des millions de germes pathogènes. M. Konimboua mit ses lunettes polarisées pour regarder l'immense plateau écrasé de lumière. Une mouche, bien nourrie, bourdonna nonchalamment à ses oreilles ; en voulant la chasser, il l'écrasa contre sa joue et eut une moue de dégoût révolutionnaire à l'égard de cet insecte antisocialiste qui jouait au provocateur. Il sortit son mouchoir blanc et essuya l'endroit. Quelques enfants rachitiques au ventre ballonné rivalisant avec le sien entouraient sa voiture.

– Où est le chef du village ? demanda-t-il d'une voix révolutionnaire.

Sans un mot, les enfants, impressionnés par

l'imposante personnalité, lui montrèrent du doigt le hangar du chef. C'était volontairement qu'il n'avait pas averti les villageois de l'heure de son arrivée afin qu'on ne lui prépare pas une réception qui équivaudrait à un culte de la personnalité. Il voulait arriver incognito au volant de sa voiture comme un authentique fils du peuple. Il se dirigea vers la case du chef d'un pas conquérant. Le chef surpris se leva, le salua au garde-à-vous et lui offrit un siège sur lequel il posa délicatement ses fesses proléta-riennes. Il mit toute sa carafe d'eau à la disposition de l'importante personnalité qui en but délicate-ment une gorgée avant de parler :

— Le comité central de notre Parti a été convaincu des arguments que vous lui avez pré-sentés concernant cette affaire. L'analyse concrète de la situation de notre pays montre que si nous retardons, c'est à cause de la mentalité de nos pay-sans qui préfèrent encore la houe au tracteur, la bouse de vache à l'engrais azoté. Nous avons tenté de le leur faire comprendre par la persuasion, par l'éducation lente et patiente, comme la taupe qui fait son trou, mais ils ne veulent toujours pas changer. Maintenant nous allons faire un exemple du père Likibi, nous allons faire un procès exem-plaire tant dans son déroulement que dans son ver-dict. Les gens comprendront ainsi que nous pou-vons utiliser la force quand nous le voulons. Quant à vous, chef Mouko, vous vous êtes montré digne de la confiance que le Parti et le gouvernement ont mise en vous.

Le chef Mouko se tortillait d'une joie mal dissimulée sous les compliments du commissaire du gouvernement. Ce dernier lui demanda de convoquer rapidement huit de ses plus proches collaborateurs, ce qu'il fit aussitôt. Mouko expliqua de nouveau les faits devant eux et le commissaire conclut par ces mots :

– Nous avons choisi la voie du progrès pour ce pays et pour faire cette révolution nous devons être sans merci. Tout le monde sait que le père Likibi est une grande personnalité morale de ce village et peut-être même de la région tout entière. C'est justement en frappant haut et fort que nous arriverons à faire comprendre à la population que rien n'arrêtera notre révolution. Alertez tous les villages environnants pour qu'ils viennent assister à ce procès public. La Révolution vaincra ! Rendez-vous donc à dix-sept heures, heure socialiste !

III

LE SOIR tombant n'apporta aucun changement à la
canicule. Tout le monde transpirait à grande eau,
s'éventant tant bien que mal, qui avec la main, qui
avec un chasse-mouches, qui avec un chapeau. Les
huit juges, tous mâles, avaient pris place autour du
président, vêtus des robes rouges ramenées de la
capitale par ce dernier. La salle était comble,
excitée, attendant l'exécution d'un certain rituel
inconnu dans la tradition et ce d'autant plus que
dans l'après-midi, pour montrer l'importance que
le gouvernement attachait à ce procès, des équipes
avaient débarqué deux groupes électrogènes ; elles
avaient installé des ampoules électriques dans le
hangar où devait se dérouler le procès. Puis une
équipe de radio était arrivée avec ses machines afin
de permettre la diffusion du procès sur toute
l'étendue du territoire national. Tout était vraiment
extraordinaire pour ces villageois devenus brusquement le centre du monde.

Maître Konimboua, professeur paraît-il agrégé,
mais que certaines mauvaises langues disaient
n'avoir même pas le niveau du brevet d'études élémentaires, président du tribunal révolutionnaire,

frappa la table de son marteau. Un silence plein
d'appréhension se fit. On n'entendait que le ron-
ronnement des groupes électrogènes, le léger grin-
cement des magnétophones, les très légers
sifflements occasionnels d'un micro. Le village de
Madzala semblait être vraiment sur une autre pla-
nète.

Le président : La séance est ouverte. Peuple,
écoutez bien. Nous ne sommes pas ici pour juger
un homme ou un groupe ethnique ou une région
mais nous sommes ici pour faire le procès de la
réaction contre le progrès. La direction du Parti
veut démontrer que ce ne sont pas seulement les
raisons naturelles qui sont causes de notre retard
mais que, en plus de la mainmise du grand capital
sur notre économie, c'est la mentalité arriérée de
certains paysans qui en est la cause. Et lorsque certains de ces retardataires seront punis publiquement et sans pitié, le reste comprendra et se jettera
alors résolument dans la modernité, sous la hou-
lette de notre parti d'avant-garde. Voilà les raisons
pour lesquelles nous sommes tous ici.

Puis, tournant un regard plein du haut degré de
conscience politique et de combativité dont ont
toujours fait preuve les masses populaires sous la
conduite du parti unique marxiste-léniniste
d'avant-garde au pouvoir, il hurla :

– Accusé, levez-vous. Quel est votre nom ?

Il n'y avait plus de vent et l'humidité collait à la

peau. Le père Likibi se leva du banc des accusés sur lequel on l'avait isolé et se dirigea vers la barre. Il n'y comprenait visiblement rien. Il fit quelques pas en claudiquant, mâchant sa noix de kola et vint prendre place devant le président.

Le président : Votre nom.

Likibi (surpris par la question) : Quoi ? Tu ne me connais plus, Konimboua ? Tu oublies que c'est moi qui t'ai circoncis ?

Le président (faisant un effort pour se maîtriser) : Votre nom !

Likibi : Likibi.

Le président : Prénom.

Likibi : C'est quoi ça ?

Le président : Un autre nom !

Likibi : On m'appelle parfois papa Likibi, quelquefois Ta Ngudi parce que je suis père de jumeaux. Tu les connais bien d'ailleurs mes jumeaux puisque vous avez fréquenté l'école primaire ensemble...

Le président : Ne nous égarons pas, ne nous égarons pas. Votre profession.

Likibi : Oh, vous savez, quand on a vécu aussi longtemps que j'ai vécu, on a tout fait. De récolteur de vin de palme à chasseur de buffles. Je suis aussi féticheur...

Le président : Féticheur, féticheur ! Peuple, écoutez ! Il est féticheur ! Ne croyez-vous pas que lorsqu'un pays a choisi la voie du progrès, les féticheurs n'existent plus ? C'est à cause de gens comme vous, Likibi, que ce pays n'avance pas. Vous êtes réactionnaire et cela vous coûtera cher. Notez cela, messieurs les juges. Féticheur, féticheur... Monsieur Likibi, vous êtes accusé d'avoir, courant janvier, participé à des actes relevant de la sorcellerie, du fétichisme et de la réaction, ces pratiques ayant pour but d'arrêter les pluies afin de causer de graves dommages au pays et retarder ainsi sa marche vers le progrès et le socialisme scientifique, prélude au communisme où la devise sera « à chacun selon ses besoins ». Ensuite, ayant été arrêté et transféré en prison, vous avez continué ces pratiques en vous métamorphosant à divers moments en papaye pourrie pleine d'asticots, en serpent, en margouillat, puis en vent, trompant ainsi la vigilance des gardes. Vous ne fûtes arrêté que grâce au raisonnement dialectique d'un gardien qui, voyant une papaye pourrie pleine d'asticots, a courageusement claqué la porte avant de s'enfuir. Et toujours grâce au courage de ce gardien qui, malgré une crise nerveuse de plusieurs jours traversée de cauchemars où il se voyait poursuivi tantôt par un énorme boa constrictor, tantôt par un gigantesque saurien des temps préhistoriques, est arrivé peu à peu à débiter son histoire aux autorités du Parti. Ces crimes sont punis par les articles 102, 103, 165 du Code pénal révolutionnaire.

Il faisait chaud, très chaud, une chaleur de

saison des pluies sans pluies. La puanteur des corps des bêtes mortes et des villageois qui regardaient fascinés ce rituel inconnu dans la tradition était aussi lourde que l'atmosphère. Le président Konimboua, prénommé Zacharie, ôta ses lunettes à verres polarisés et continua :

– Accusé Likibi, que répondez-vous à tout cela ?

L'accusé continuait à mâcher sa noix de kola.

Likibi : Mon fils, je n'en pense rien, absolument rien !

Le président sursauta ; ses yeux se firent durs, sa bouche révolutionnaire s'ouvrit d'elle-même : il était fâché !

Le président : Je ne suis pas votre fils ! Je suis le président de ce tribunal, appelez-moi monsieur le président car vous n'êtes pas digne de m'appeler « camarade » !

Likibi : Oh, fils, je n'ai pas envie de t'appeler camarade ; je respecte mon âge.

Le président : M. Likibi, dans ce contexte-ci camarade ne veut pas dire camarade. On voit là le fond réactionnaire de votre pensée. Dans la fraternité révolutionnaire qui nous unit, nous militants, camarade veut dire camarade, c'est-à-dire camarade de lutte et de combat, et vous n'êtes pas mon camarade, M. Likibi.

Likibi : écoute, mon fils, je t'ai vu naître et...

Le président : Nous ne sommes plus à l'époque

du culte des ancêtres, M. Likibi ; même si à une époque j'ai été votre fils ou du moins j'ai accepté que vous m'appeliez votre fils, et même si je vous ai appelé père, aujourd'hui je ne suis plus votre fils. Je suis maintenant dévoué corps et âme à la révolution socialiste et scientifique qui nous conduira vers des horizons nouveaux. Appelez-moi donc Monsieur le président, sinon nous allons prendre une sanction immédiate pour outrage à la cour. Répondez : que savez-vous de ces chefs d'accusation ?

Le père Likibi était complètement perdu. Ses cheveux semblaient être devenus tout d'un coup beaucoup plus blancs et son visage plus vieux. Il regarda à droite et à gauche comme s'il cherchait quelque soutien parmi cette foule de villageois dont il avait vu plus de la moitié naître.

Likibi : Mais je ne sais rien, je ne sais même pas de quoi tu parles.

Le président : Écoutez, peuple, vous êtes tous témoins, il dit qu'il ne sait rien. Nous sommes ici pour connaître la vérité et nous y resterons tout le temps qu'il faudra. Likibi, reconnaissez-vous avoir douze enfants ?

Likibi : Oui, et j'en suis fier ! Si les sorciers n'avaient pas bouffé trois d'entre eux, j'en aurais quinze aujourd'hui.

Le président : Likibi ?

Likibi : Oui.

Le président : Oui, M. le président !

Likibi : Oui, M. le président.

Le président : Est-ce que parmi eux se trouve une certaine Moukiétou ?

– Oui.

– Est-elle mariée, oui ou non ?

– Comment, tu ne savais pas qu'elle était mariée ? On avait organisé une grande fête qui a duré toute la nuit.

– Ah ! vous voyez, cela devient intéressant. Racontez-nous ce qui s'est passé la nuit du mariage.

– Le jour de la fête du mariage, comme tous les jours de mariage, il y avait beaucoup de monde. Je crois que le village entier était là et certains venaient même de beaucoup plus loin car, comme tu dois le savoir et comme tout le monde le sait ici, la gloire et les exploits du père Likibi dépassent les limites de la région. D'ailleurs, lorsque le fils du secrétaire général de votre association là…

– Ne traitez pas le Parti d'association et surtout pas avec ce ton condescendant comme si c'était une association de malfaiteurs. Attention !

– Oui, le fils du secrétaire général de votre parti…

– C'est notre Parti à tous !

– Ah ? Même à moi ?

– Oui, même à vous, Likibi ! Rien n'est au-dessus du Parti et le Parti a toujours raison même quand il a tort, car ce qui peut être une erreur aujourd'hui n'est que la manifestation d'une des apparences dialectiques du phénomène que l'on appelle la contradiction. Notre Parti n'est pas un de ces partis où tout le monde est membre dès sa naissance, mais il est quand même le Parti de tous les citoyens.

– C'est ça. Donc, quand il s'était marié, on m'avait invité pour donner la bénédiction au jeune couple, ce qui prouve que…

– Ne sortez pas du sujet. Que s'est-il passé le jour du mariage ?

– La nuit ou le jour du mariage ?

– C'est la même chose ! Vous vous croyez plus intelligent et plus instruit que tous les juges qui sont ici ? Cessez de ratiociner et racontez-nous la nuit du mariage.

– Ah, la *nuit* du mariage de ma fille ? J'y arrive, j'y arrive. Donc tout le village était là, et même au-delà du village comme je te l'ai expliqué tout à l'heure, mon fils monsieur le président. D'ailleurs, la preuve, c'est qu'il y avait l'oncle Moukalo, tu connais ? Tout le monde sait que Moukalo est de la branche maternelle de ma famille et qu'il vient du village de Mindzi qui est à quarante kilomètres d'ici. Il est venu avec ses trois femmes – dont l'une est de Komono qui est comme tu sais à soixante-six kilomètres d'ici –, ses enfants et la petite fille de sa première femme car Moukalo, comme tu le sais, a contracté alliance avec les Bakalas qui sont d'une autre tribu et qui habitent le village de Dendé vers

Mouyondzi. C'est la raison pour laquelle la famille ne s'entend plus avec lui et comme la tribu…

— Accusé Likibi, je ne vous laisserai pas plus longtemps vous moquer de la Cour : vous avez employé deux fois le mot tribu. Je me demande si vous n'êtes pas un agent provocateur, une de ces personnes qui croient à un soi-disant socialisme africain alors que tout le monde sait que le socialisme africain, comme le socialisme bantou ou maghrébin, n'est qu'un serpent de mer aussi fantaisiste que celui du Loch Ness et que l'unique socialisme est le scientifique découvert au XIXᵉ siècle par Marx-Engels et perfectionné par Lénine. Ne savez-vous pas que depuis le réajustement de notre révolution ce mot de tribu n'existe plus, qu'il a été supprimé, radié, barré, effacé, gommé, extirpé, exclu de notre vocabulaire et depuis cette décision salutaire les résultats sont là, le pays se porte mieux car le tribalisme a disparu avec le mot. Nous sommes ici à la recherche de la contradiction principale qui existe dans notre pays et vous, vous persistez à nous parler d'un mot qui n'existe pas ! Continuez dans cette voie et vous allez voir.

— Mais tu m'as demandé de te raconter ce qui s'est passé la nuit du mariage de ma fille et comment puis-je le faire sans parler de la famille ?

— Mes camarades et moi ici ne voyons pas la nécessité de ces détours et retours, comme si vous nous contiez un roman russe, un roman russe d'avant la révolution d'Octobre, bien sûr ; ces romans bourgeois à la Tolstoï et à la Dostoïevski dépourvus de sève prolétarienne. D'ailleurs le grand Lénine lui-même n'avait pas de temps à perdre pour lire les romans de Dostoïevski et nous suivons son exemple. Comme l'a montré l'immortel Mao qui vivra à jamais dans nos cœurs rouges, lors de sa retraite du Yunnan, c'est avec les prolétaires mais aussi, et j'insiste, c'est *aussi* avec les paysans que nous devons nous allier pour créer un front national afin de favoriser la prise de conscience des masses exploitées par le néo-colonialisme, l'impérialisme et le social-impérialisme, sans oublier la social-démocratie. Voilà les vrais problèmes, les vrais problèmes de notre pays et de l'Afrique ! Car ce qui se conçoit bien s'énonce clairement, aussi clairement que ces ampoules qui vous éclairent ce soir grâce à la munificence du Parti. Alors ne nous faites pas perdre notre temps en racontant les péripéties et les tribulations de votre famille. Vous croyez que notre révolution et notre Parti sont là pour s'occuper de ces petits problèmes ? Parlez-nous donc de la *nuit* du mariage. Nous n'avons que faire des anecdotes abracadabrantes de votre vie triba... familiale.

Qui avait dit que maître Konimboua n'était pas professeur agrégé ?

Le père Likibi gratta son crâne piqueté de cheveux noirs pour essayer de reprendre le fil de ses idées ; après l'impressionnante intervention du président, complètement perdu, il ne se rappelait plus s'il parlait de l'oncle qui avait épousé une femme d'une autre tribu ou bien du neveu qui était venu du village de Makouba. Perplexe, il dénoua un nœud attaché au bout de sa ceinture en tissu, prit un morceau de kola et le lança dans sa bouche. Il la croqua bruyamment puis lança une giclée de salive rougeâtre droit devant lui, tout en continuant à caresser ses cheveux blancs. Le président Konimboua, prénommé Zacharie, bondit, hors de lui. Deux boutons craquèrent et sa bedaine déborda franchement des limites du pantalon, ce qui redoubla encore sa colère.

Le président : Likibi, tu te… vous vous moquez de la Cour, mais vous vous enfoncez vous-même, vous creusez votre propre gouffre dans lequel vous, réactionnaires, serez précipités dans l'Apocalypse, dans l'Armaguédon de la confrontation finale entre vous et nous révolutionnaires. Ce ne sont pas vos bombes à neutrons et autres épouvantails qui nous effraieront. Tenez-vous correctement, enlevez immédiatement ce que vous avez dans la bouche, sinon nous prendrons une sanction illico !

Un cercle d'humidité marquait le col rond et marxiste-léniniste du président révolutionnaire.

Likibi : Je ne savais pas que manger de la kola était contre le progrès du pays, mon fils.

Le président : JE NE SUIS PAS VOTRE FILS !... Je... Je... Vous pouvez ingurgiter tous les alcaloïdes et autres drogues contenus dans cette noix, c'est votre problème, mais moi je vous demande de... de... Accusé Likibi, que s'est-il passé la nuit de votre mariage ?

Likibi : La nuit de *mon* mariage ?

Le président : NON ! Qui vous parle de votre mariage, un mariage probablement célébré selon des rites obscurantistes ? Je vous parle de la nuit du mariage de votre fille !

Le père Likibi finit sa mastication et avala sa kola mâchée.

Likibi : Ah, le mariage de ma fille ? J'y arrive, j'y arrive. Il y avait beaucoup de monde. Je regrette que tu n'aies pas pu venir puisque je t'avais invité aussi ; mais depuis que tu es devenu important, tu as oublié le pays, tu as oublié le village. J'ai tué un mouton et trois poulets et acheté dix dames-jeannes de vin de palme moi-même, de ma poche. Les gens dansaient et étaient contents. Mais ne voilà-t-il pas que le ciel commence à s'assombrir ! La cérémonie risquait d'être gâchée. J'ai pris ma pipe longue, qui m'a été léguée par le père de mon arrière-grand-père, que je ne fume que dans les grandes occasions et que je léguerai à mon fils aîné. J'ai fumé longtemps. Pendant ce temps-là, le vieil Ikounga allait et venait en souriant ; il était heureux car il pensait qu'il allait pleuvoir. Il était très jaloux de cette cérémonie parce que je lui avais refusé ma fille en mariage. Il n'est pas le seul d'ailleurs, je l'ai refusée aussi au chef Mouko. Comment voulez-vous que je donne en mariage à des vieux comme eux une jeune fille dont ils pouvaient être le grand-père sinon l'arrière-grand-père ? Est-ce qu'ils pensent que c'est avec du vieux sang comme le leur qu'on réalisera ce machin scientifique dont vous nous rebattez tant les oreilles ? D'ailleurs, depuis que Mouko est revenu avec cette médaille de votre association, il ne cesse de nous emmerder.

Le président : Attention, Likibi, faites attention à vos paroles. Vous êtes en train de jeter le discrédit sur deux authentiques militants révolutionnaires qui ont éliminé de leurs préoccupations l'intérêt personnel pour ne voir que l'intérêt général. Revenez à vos moutons et poulets sinon j'ajouterai une charge de diffamation aux charges déjà sérieuses qui pèsent sur vous. Qu'avez-vous fait après avoir fumé votre pipe, méprisable totem et fétiche ?

Likibi : C'est alors que j'ai pris la décision d'arrêter la pluie, mon fils devenu président. J'ai envoyé les femmes chercher un mortier, un balai, des feuilles vertes, etc. Après les incantations, les femmes ont dansé, le vent a soufflé et a chassé les nuages vers l'ouest. La lune est ressortie et nous avons alors dansé toute la nuit. Tu aurais dû être là, mon fils monsieur le président. C'est tout ce qui s'est passé. Il y a cinq jours, des jeunes gens sont venus me chercher ; ils m'ont battu et jeté en prison et voilà maintenant que toi tu arrives et tu me parles de choses bizarres qui n'ont pour moi ni queue ni tête.

Le président : C'est tout ?

Likibi : C'est tout.

Le président : Accusé Likibi, c'est malheureux car tout ce que vous nous avez raconté là ne sont que mensonges ! Mais la vérité éclatera car notre révolution n'a pas de cadavres à cacher dans un placard et elle n'a donc aucune raison de s'empêtrer dans les chemins tortueux du mensonge. Que vous soyez une tortue à double carapace ou non, le piment de la révolution vous obligera à vous démasquer. Ce procès public est diffusé en direct, ce qui fait que vous pouvez le suivre, que vous soyez à Washington, Moscou, Pékin ou au Bangladesh. Nous n'avons rien à cacher. Voyons, combien d'animaux avez-vous tués ?

Likibi : Un mouton et trois poulets.

Le président : Peuple, vous qui souffrez tant à cause de la crise du pétrole et de l'inflation importée des pays industrialisés capitalistes, vous qui souffrez tant de l'augmentation des prix dans les supermarchés, vous avez tous entendu, trois moutons et un poulet.

Likibi : Non, mon fils devenu président, un mouton et trois poulets.

Le président : Likibi, ne tentez pas de nous égarer par des manœuvres dilatoires ; que ce soit trois moutons et un poulet ou un mouton et trois poulets, je suis enseignant, je sais compter, c'est la même chose, cela fait quatre bêtes. Il n'est pas nécessaire de connaître la théorie des nombres complexes ou l'algèbre de Boole pour calculer cela. Quatre bêtes pour le mariage de votre fille ! Vous savez ce que cela signifie ? Cela veut dire que vous êtes de la classe des riches, M. Likibi, vous faites partie de la classe des bourgeois bureaucrates qui sucent le sang des prolétaires comme nous ! Des prolétaires comme nous qui n'avons qu'un modeste salaire de fonctionnaire. Mais la révolution est une lutte de classes et la vôtre sera anéantie. Je vais laisser la parole aux autres juges. Juges, j'espère que vous serez à la hauteur de cet événement historique. Il s'agit de juger l'un des représentants de cette classe possédante et réactionnaire qu'on appelait koulak en Russie. Au nom de la révolution, n'ayez pas peur de dékoulakiser comme on dératise. Maintenant vous avez la parole. Juge Matanga.

Juge Matanga : Merci, camarade président. Je voudrais poser une question à l'accusé Likibi. Accusé, avez-vous déjà arrêté la pluie ?

Likibi : Tu le sais bien, Matanga, que je…

Juge Matanga : Je vous retire la parole. Répondez par oui ou par non. Avez-vous déjà arrêté la pluie ?

Likibi : Mais quel âge me donnes-tu donc ? Je t'ai vu naître toi aussi. Tu sais très bien que j'arrête les pluies. Ce n'est pas la première fois que je l'ai fait, alors pourquoi me causez-vous toutes ces misères ?

Le juge Matanga embarrassé essaya de se reprendre. En effet, c'était lui-même, Matanga, aujourd'hui juge révolutionnaire, qui était allé quémander les services du père Likibi lors du retrait du deuil de son oncle, un jour où la pluie menaçait la cérémonie. Il essaya donc de se reprendre rapidement.

Juge Matanga : Père Liki... Accusé Likibi, ne nous énervons pas. Parlons d'autre chose et répondez avec précision. Est-il vrai que vous vous êtes transformé en serpent ?

Likibi (rigolant) : Non.

Juge Matanga : Pourquoi vous ricanez ? Vous ne vous êtes transformé en rien, même pas en lézard ?

Likibi : Mais plus vous savez lire, plus vous devenez idiots ou quoi ? Écoutez, j'en ai marre. Je ne sais pas si je dois répondre car je crois que tu te moques de moi, Matanga. Tout le monde ici, même les petits enfants, savent que le père Likibi ne peut pas se transformer en serpent vu que ma tribu...

Le président (fâché) : Monsieur Likibi, s'il y a un demeuré ici, c'est bien vous. N'oubliez pas que le camarade Matanga est un éminent membre de notre Parti et sa présence ici ne fait que rehausser

98

le niveau intellectuel et idéologique de cette Cour. Retirez immédiatement ce mot d'« idiot » que vous venez de prononcer.

Likibi : Konimboua, toi que j'ai élevé, tu me traites de demeuré ! En tout cas je prends à témoins tous les vieux de la tribu qui sont ici et qui nous écoutent.

Le président : M. Likibi, je vous ai déjà dit de ne pas prononcer le mot de tribu car ce mot n'existe pas chez nous. Dites « groupe social », « appartenance linguistico-ethnique », que sais-je ? De toute façon vous mentez, M. Likibi, le gardien vous a vu vous transformer en serpent. Et en se basant sur la théorie dialectique et scientifique du socialisme, il peut vous démontrer par A plus B que vous vous êtes transformé en serpent, puis en vent, et enfin en papaye pourrie pleine d'asticots. Mais soyons clairs. Rappelez-vous que ce procès est un procès public avec toutes les garanties d'un jugement équitable. Répondez donc ici en direct. Likibi, admettez-vous ici, alors qu'aucune contrainte physique ou morale n'est exercée sur vous, avoir arrêté la pluie lors du mariage de votre fille il y a quatre mois ?

Likibi : Mais bien sûr, tu doutes de mon savoir-faire ?

Le président : Likibi, encore une fois, vous n'êtes pas sous torture, répondez librement, est-ce que vous reconnaissez que depuis quatre mois une sécheresse sans précédent s'est abattue sur le pays ?

Likibi : Ça, c'est sûr ! Je n'ai jamais vu pareille sécheresse depuis que je suis né et je ne suis pas né de la dernière pluie !

Le président : Peuple, je crois que ce n'est plus la peine de continuer car sans aucune contrainte physique ou morale l'accusé a reconnu les faits, un : d'avoir arrêté les pluies, deux : de l'existence d'une sécheresse sans précédent dans le pays. Quelle relation existe-t-il entre ces deux faits, me direz-vous ? Eh bien – sa voix se fit doctorale – appliquons un raisonnement dialectique. Posons-nous la question : pourquoi n'y a-t-il pas de pluies ? Il n'y a pas de pluies parce qu'il ne pleut pas ! Pourquoi ne pleut-il pas ? Parce qu'on a arrêté les pluies. Qui a arrêté les pluies ? Likibi ici présent ! Voilà donc la première partie de notre raisonnement où nous avons lié dialectiquement M. Likibi à l'absence de pluies.

Le commissaire Konimboua s'arrêta un moment pour regarder, avec des yeux reflétant la ligne juste du combat anti-impérialiste et anti-obscurantiste, l'effet de sa démonstration sur l'auditoire de paysans analphabètes qu'il jugeait. Le père Likibi ne semblait pas impressionné mais plutôt perplexe, comme quelqu'un qui commençait à douter de la santé mentale de son interlocuteur.

« Mais quelle est donc la conséquence d'un manque de pluies ? » reprit le commissaire. À cette question, le père Likibi n'en doutait plus, Konim-

100

boua Zacharie était fou. Autrement, comment ce petit blanc-bec qui venait de la ville pouvait-il faire la leçon à ce vieux paysan chenu dont la terre avait été toute la vie ?

« Mais quelle est donc la conséquence d'un manque de pluies ? Admirez ces documents – il ouvrit son attaché-case, sortit de grosses enveloppes en papier de Manille, ferma la valisette d'un coup sec, commença à exhiber les documents un à un à son auditoire – regardez ces photos du Sahel, voyez ces bêtes squelettiques et ces squelettes de bêtes, ce sol desséché, ce sable… Pourquoi ? Il y a une explication scientifique à cela, ce n'est pas à cause des ancêtres ou d'une puissance surnaturelle quelconque. Peuple, pour notre éducation à tous, si nous regardons ici ces diagrammes ombro-thermiques, que constatons-nous ? On constate que la courbe des précipitations est constamment en dessous de celle de la température, en d'autres termes, l'évaporation est plus importante que le déficit pluviométrique. Eh bien, peuple, c'est ce qu'on appelle en langage vulgaire la sécheresse, SÉCHERESSE ! Et c'est ce qui se passe à Madzala. Maintenant la relation est claire. Pourquoi y a-t-il sécheresse ? Par manque de pluies. Pourquoi y a-t-il manque de pluies ? Parce qu'on les a arrêtées. Qui les a arrêtées ? Likibi. IL Y A SÉCHERESSE À CAUSE DE LIKIBI ! » conclut-il en donnant un coup de marteau sur la table. Impressionné, un des boutons retenant l'impressionnante bedaine de l'auguste personnage lâcha, ce qui irrita encore plus le commissaire. Il se rejeta en arrière dans son fauteuil et lança : « Asseyez-vous, Likibi, nous allons interroger les témoins ; en particulier ceux qui ont assisté à vos avatars fétichistes, obscurantistes et antiscientifiques ! »

Le père Likibi détacha une autre noix de kola de sa ceinture et se mit à la croquer. Toujours en claudiquant, il se hâta de regagner son banc afin de reposer ses vieilles jambes qui le soutenaient à peine après cinq heures de station debout. Et l'on fit défiler les témoins. Le tribunal siégea longtemps, tout le temps nécessaire pour extirper la réaction au sein du peuple. Enfin les juges se retirèrent pour délibérer. Il faisait de plus en plus lourd, comme la lourdeur qui précède un orage. Lorsque les juges revinrent pour la lecture du verdict, les membres de l'auditoire à qui il était défendu de rentrer chez eux s'étaient étalés par terre pêle-mêle. Certains ronflaient. Le bruit du marteau les réveilla tous. Et maître Konimboua prénommé Zacharie, président du tribunal révolutionnaire de justice, son col Mao reboutonné, lut le verdict :

« Attendu que dans notre pays il est reconnu que les hommes peuvent arrêter les pluies par des procédés fétichistes, réactionnaires, anti-révolutionnaires et anti-marxistes.

» Attendu aussi que dans notre République

Populaire et Démocratique il est reconnu que les hommes peuvent se transformer en singe, en gorille, en serpent, en vent, en fruit pourri, etc.,

» Vu la carence de pluies qu'aucun moyen moderne scientifique et révolutionnaire n'a pu enrayer,

» Et vu que cette carence plonge le pays dans une crise économique grave,

» La Cour Révolutionnaire réunie le 3 janvier à Madzala reconnaît le dénommé Likibi coupable d'avoir arrêté les pluies sur toute l'étendue du terri-toire dans le but d'empêcher le pays de poursuivre son option révolutionnaire qui s'affirme de plus en plus et de l'empêcher ainsi de continuer à rem-porter chaque jour des victoires de plus en plus grandes.

» L'individu sus-mentionné est également reconnu coupable de s'être transformé en serpent, en vent, en fruit pourri et peut-être même en camé-léon au vu et au su de tout le monde, violant ainsi les lois antifétichistes du pays.

» Le nommé Likibi ayant été reconnu coupable des chefs d'accusation ci-dessus, et pour montrer que la révolution partout où elle se fait n'a pas peur de frapper haut et fort, sera fusillé demain à l'aube.

» Et maintenant levons-nous tous pour chanter *l'Internationale.* »

Note (d'après le témoignage d'un habitant de Madzala) : À la fin du procès, le père Likibi, paysan du village de Madzala, fut transporté dans la capitale avec les groupes électrogènes, les ampoules, les magnétophones et les micros. On ne le revit plus jamais. Après plusieurs éditoriaux le traitant de vendu aux forces du mal, de fétichiste, etc., la radio nationale annonça son exécution à l'aube du 5 janvier. Fusillé, ou bien torturé à mort comme le croient certains villageois ? En tout cas son corps n'a pas été rendu à la famille.

Le 6 janvier, il n'avait toujours pas plu sur le village de Madzala.

L'HOMME

NON, cette fois-ci il n'échappera pas ! Après quarante-huit heures, on avait enfin pu retrouver sa trace, reconstituer son itinéraire et repérer le village où il se cachait. Et pourtant, que de fausses pistes ! On l'avait signalé partout à la fois comme s'il avait possédé le don d'ubiquité : des militants zélés l'auraient traqué dans le centre du pays sans cependant le capturer ; une patrouille parachutée dans les marécages du nord prétendait l'avoir blessé grièvement en présentant pour seule preuve des traces de sang qui disparaissaient dans un ravin ; des gardes-frontières juraient l'avoir abattu dans une pirogue malheureusement engloutie par les flots, alors qu'il tentait de fuir par

le fleuve : hélas, toutes ces affirmations ne résistè-
rent point à une enquête approfondie. On resserra
le quadrillage policier pourtant déjà sévère, on créa
de nouveaux corps de gendarmes et on donna carte
blanche à l'armée. Les soldats envahirent les quartiers populaires de la capitale, défoncèrent les
portes des maisons, plantèrent des baïonnettes
dans les matelas bourrés de gazon ou de coton,
éventrèrent les sacs de *foufou*, rouèrent à coups de
crosse ceux qui ne répondaient pas assez vite aux
questions, abattirent tout simplement ceux qui
osaient protester contre la violation de leur domicile. Mais toutes ces dragonnades ne donnèrent
aucun résultat, et le pays était au bord de la
panique. Où se cachait-il donc ?

L'exploit était quasi impossible car le père-fondateur de la nation, le guide éclairé, le rénovateur,
le grand timonier, le président à vie, le maréchal
chef suprême des forces armées et père bien-aimé
du peuple, vivait dans un immense palais dont
l'approche était interdite au commun des mortels.
De toute façon, le système de protection circulaire
inventé par un professeur israélien agrégé de polé-
mologie et de contre-terrorisme était inviolable. À
cinq cents mètres de l'enceinte circulaire du palais
étaient placés, de dix mètres en dix mètres, des soldats armés qui veillaient nuit et jour. Le même dis-
positif était répété à deux cents mètres et à cent
mètres de l'enceinte. Puis, autour du palais, dans

une fosse abyssale remplie d'eau, grouillait une population pléthorique de crocodiles d'Afrique et des Indes, de caïmans importés d'Amérique centrale qui ne se nourrissaient sûrement pas exclusivement d'alevins, surtout pendant les campagnes de répression qui s'abattaient régulièrement sur le pays après chaque tentative de coup d'État vraie ou simulée. Venait ensuite une fosse pleine de mambas verts et de mambas noirs dont le venin violent foudroyait sur place les victimes. L'enceinte elle-même, énorme architecture de briques et de pierres de vingt mètres de haut aussi imposante que les murailles de Zimbabwe, était hérissée de miradors, de projecteurs, de clous, de barbelés, de tessons de verre ; elle n'avait que deux énormes portes qui jouaient également le rôle de pont-levis commandées exclusivement de l'intérieur. Enfin le palais lui-même, le saint des saints, où vivait le père bien-aimé : cent cinquante chambres où des myriades d'immenses miroirs reflétaient à l'infini en la multipliant et la démultipliant toute présence, de telle sorte que tout visiteur se sentait mal à l'aise et oppressé, ayant conscience que le moindre de ses gestes était épié. Tout mouvement, aussi petit fût-il, était, comme l'écho, repris de chambre en chambre, de miroir en miroir jusqu'au miroir suprême, œil du maître veillant sur cet univers. Personne ne savait dans quelle chambre couchait le président-fondateur, même pas les prostituées expertes qu'il utilisait plusieurs nuits de suite pour ses jouissances particulièrement élaborées, et encore moins les petites filles vierges et candides qu'il s'amusait à déflorer entre deux décrets issus de son palais des merveilles. Mais, si le père bien-aimé-de-la-nation-guide-suprême-et-éclairé-maré-chal-des-armées-et-génie-bienfaisant-de-l'humanité était invisible en chair et en os pour la plupart de ses sujets, il était, par contre, omniprésent : son portrait devait obligatoirement pendre dans tous les foyers. Les nouvelles à la radio commençaient et finissaient toujours par une de ses pensées floris-santes. Les nouvelles télévisées débutaient, conti-nuaient et finissaient devant son image et le seul journal local publiait dans chaque numéro au moins quatre pages de lettres de citoyens lui cla-mant leur éternel amour. Omniprésent mais inac-cessible. Voilà donc pourquoi l'exploit était impos-sible.

Et pourtant il l'avait réalisé : il avait réussi à entrer dans le palais en évitant les crocodiles, les mambas, les cohortes prétoriennes ; il avait réussi à déjouer le piège des miroirs et à exécuter le père de la nation comme on tue un vulgaire factieux, fau-teur de coup d'État. Et puis il avait fait le chemin inverse, les miradors, le pont-levis, les mambas verts et noirs, les crocodiles, la garde prétorienne. Et s'échapper ! Quarante-huit heures après, il était toujours insaisissable !

... et la rumeur vint on ne sait trop comment : on avait retrouvé sa trace, reconstitué son itinéraire, repéré le village où il se cachait ; on l'avait encerclé. Non, cette fois-ci il n'échapperait pas !

Les autos blindées, les camions bourrés de soldats, les jeeps partirent à trois heures du matin. Les tanks n'évitèrent point les maisons dans les villages qu'ils traversaient, la ligne droite étant le plus court chemin d'un point à un autre : des villages flambaient derrière eux, des plantations étaient saccagées, des cadavres s'amoncelaient derrière les sillons des chenilles. Véritables vainqueurs en pays conquis ! Ils eurent tôt fait d'arriver où ils allaient. Ils réveillèrent les villageois à coups de crosse. Ils fouillèrent partout, vidèrent des greniers, regardèrent dans les arbres, dans les plafonds. Ils ne trouvèrent pas celui qu'ils cherchaient. Le chef des soldats se fâcha et son cou sembla éclater sous la jugulaire de son casque :

« Je sais qu'il est ici, celui qui a osé attenter à la vie de notre cher président-fondateur bien-aimé qui vivra éternellement dans le panthéon de nos héros immortels. Je sais que cet individu de malheur porte une barbe et est borgne. Si dans dix minutes vous ne me dites pas où il se cache, je brûle toutes vos maisons, je tire l'un de vous au hasard, on le torturera et on le fusillera ! »

Les dix minutes passèrent dans un silence angoissé et profond comme les silences qui précédèrent la création du monde. Le chef des soldats ordonna alors le début des représailles. Ils molestè-rent les villageois : ils pendirent certains par les pieds puis les chicotèrent, ils passèrent du piment rouge sur les blessures ouvertes des autres, ils firent manger de la bouse de vache fraîche à d'autres encore... Les villageois ne dénoncèrent point l'homme recherché. Ils brûlèrent alors toutes les maisons du village ainsi que les récoltes, fruit du tra-vail d'une année dans un pays où l'on mangeait à peine à sa faim. Les villageois ne donnèrent toujours point le renseignement désiré. En fait, la raison de leur attitude était bien simple : ils ne connaissaient vraiment pas celui qui « avait fait le coup ».

L'homme avait agi seul. Il s'était préparé pen dant des mois, lisant, étudiant, planifiant ; puis il avait mis une barbe postiche, un bandeau noir sur son œil gauche comme un pirate. Il avait trouvé le moyen de violer l'inviolable palais et de tuer le grand dictateur ; le moyen était si simple qu'il s'était juré de ne jamais le révéler, même sous la torture, car cela pourrait encore servir. Il fut tout de même étonné de voir les soldats dans son vil-lage. Mais l'avaient-ils vraiment démasqué ou n'était-ce qu'un coup de bluff ? Manifestement, ils ne le connaissaient pas, lui qui se tenait devant eux, parmi ses frères villageois qui, eux, ignoraient tout. Il était là, debout, imberbe et avec ses deux yeux, attendant la suite des événements.

Le chef des soldats, un commandant, se fâcha plus violemment encore devant le mutisme des suppliciés :

– Je vous le répète pour la dernière fois ! Si vous ne me dites pas où se cache ce salopard de fils de pute borgne et sans couilles qui a assassiné notre bien-aimé président à vie, fondateur de notre parti et chef de la nation, je prends l'un de vous au hasard et je le fusille ! Cinq minutes !

Il regardait fébrilement sa montre-bracelet à quartz. Deux minutes. Une minute. Trente secondes.

– Je vous assure commandant, implora le chef du village, nous ne le connaissons pas et nous vous assurons qu'il n'est pas dans notre village.

– Tant pis pour vous ! Je vais prendre un homme au hasard et le fusiller devant vous tous. Cela vous aidera peut-être à comprendre. Allez, toi, là-bas !

Le commandant le désigna. Il ne fut même pas surpris, comme s'il s'y était toujours attendu. Il le souhaitait même en son for intérieur, car il doutait qu'il pût rester serein et garder la conscience tranquille le reste de sa vie, s'il avait laissé quelqu'un d'autre mourir à sa place. Il était content, car il avait la satisfaction de mourir avec son secret.

– Tu seras l'otage innocent sacrifié à cause de l'obstination du chef de ton village et de tes compagnons. Attachez-le contre un arbre et fusillez-le !

Coups de bottes, crosses, lacérations par baïonnettes. On le traîna par terre et on le ficela autour
d'un manguier. Sa femme se précipita sur lui, on la
repoussa brutalement. Quatre soldats le mirent en
joue.

— Encore une fois, dites-nous où se cache cet
assassin.

— Je n'en sais rien, commandant ! supplia le
chef du village.

— Feu !

Il bomba légèrement la poitrine, puis s'écroula
sans un cri. On ne le retrouverait plus jamais !

La fumée se dissipa. Les hommes du village restaient plongés dans un silence profond, hébétés,
regardant le corps recroquevillé sur les grosses
cordes de liane. Le commandant, sa menace réalisée, se tenait devant eux, hésitant, ne sachant plus
de quoi les menacer encore. Paniqué à l'intérieur
de lui-même, il fit un effort pour garder sa superbe,
au moins pour sauvegarder l'honneur de ses
galons.

— Alors ? fit-il.

Les villageois se réveillèrent enfin.

— Alors quoi, hurla le chef du village avec
hargne. Je vous ai dit que nous ne connaissions pas
l'homme que vous cherchez, vous ne nous avez pas
crus et vous avez tué l'un des nôtres. Que puis-je
ajouter d'autre ?

Le commandant ne sut que répondre. Il se

balança sur ses bottes, incertain, et enfin cria à ses soldats :

– Garde à vous ! En rang ! Les recherches continuent. Ce salopard se cache peut-être dans le village voisin. Ne perdons pas de temps, en avant, marche !

Puis se tournant vers les villageois, il hurla : « On le trouvera ce fils de salaud, on le dénichera où qu'il se cache, on lui arrachera les couilles, les oreilles, les ongles, les yeux, on le pendra publiquement nu devant sa femme, nu devant sa mère, nu devant ses enfants et on le jettera aux chiens, parole de commandant ! »

Les jeeps et les tanks se remirent en marche et se dirigèrent ailleurs, à la recherche de « l'homme ».

Ils le cherchent toujours. Ils sentent qu'il est là, tapi quelque part, mais où ? Le cœur du peuple écrasé par la dictature bat chaque fois que l'on parle de « l'homme ». Bien que le pays soit plus "fliqué" que jamais, bien que le pays fourmille d'espions, d'indicateurs, d'hommes de main, et bien qu'il ait nommé à la tête de tous les services de sécurité des hommes de son clan dévoués corps et âme à sa cause, le nouveau président, deuxième père bien-aimé de la nation et continuateur de l'œuvre sacrée du père-fondateur, n'ose plus sortir. Quoique, pour conjurer le sort, il se soit déclaré par décret intuable et immortel, il se terre toujours au fond de son palais de tours et de détours, de labyrinthes et de dédales, de miroirs et de reflets, emmuré, car il ne sait pas à quel moment « l'homme » surgira pour le frapper à son tour en plein cœur, pour qu'enfin jaillisse la liberté trop longtemps étouffée.

« L'homme », espoir d'une nation et d'un peuple qui dit NON, et qui veille…

LA CÉRÉMONIE

MOI, vous savez, je suis un militant modeste et je pourrais même ajouter exemplaire dans ma vie publique comme dans ma vie privée, si cela n'était en contradiction avec la qualité que je viens de citer tout à l'heure. La cérémonie devait commencer à neuf heures précises, mais dès sept heures trente j'étais déjà là. Certes, je ne dis pas que cela m'aurait déplu si le secrétaire général de notre syndicat unique avait remarqué que j'étais là avant tous les autres, prêt à donner un coup de main par-ci, à redresser le mât du drapeau rouge par-là, ou encore prêt à épousseter le portrait de notre grand leader immortel ignominieusement assassiné par les forces du mal c'est-à-dire l'impérialisme et ses valets, ou même tout simplement prêt à aider à donner un coup de chiffon sur le fauteuil capitonné et rouge dans lequel le président du comité central de notre parti unique, président de la République, Chef de l'État, président du conseil des Ministres, Chef des Armées, proche compagnon et digne successeur de notre guide fondateur devenu immortel depuis son lâche assassinat, allait poser ses fesses révolutionnaires. Non, cela ne m'aurait pas déplu ; mais enfin, j'étais là tôt tout simplement parce que je suis un militant sincère, postulant mon admission au Parti. Évidemment, je vous dis tout de suite que je suis entièrement d'accord avec le communiqué publié à la radio selon lequel cette cérémonie sera un événement politique. Ah ! je vois que je ne vous ai pas encore parlé de cet événement historique. Diable, je n'arriverai jamais à ordonner mes pensées scientifiquement comme le veut notre révolution dans sa dialectique. Voilà, j'y viens.

Vous savez que pour combattre l'impérialisme international et ses valets, il nous faut avoir un développement autogéré et autocentré (j'ai appris tous ces termes par cœur car pour entrer au Parti on nous pose des tas de questions dans ce sens pour savoir si nous sommes de vrais communistes et si nous connaissons bien le marxisme-léninisme) ; or, pour avoir ce développement automobile – pardon, autocentré, il nous faut combattre la bourgeoisie démocratique – pardon, bureaucratique (excusez-moi, j'ai appris tellement de choses en si peu de temps que tout se mélange parfois dans ma tête). Pour cela, il faut nommer à la tête de nos usines des ouvriers compétents et rouges. Moi, je pense en toute modestie que je suis compétent car voilà plus de dix ans que je suis sentinelle à notre usine, même si après toutes ces années je ne gagne que quinze mille francs CFA par mois. Et pendant toutes ces dix années, aucun vol par effraction n'a été commis ni de jour ni de nuit. Évidemment, il y a eu quelques détournements de fonds et une fois, l'usine a même été arrêtée pendant une année entière parce que l'ancien directeur, un membre de la bourgeoisie autocritique – pardon, bureaucratique, avait volé deux millions trois cent mille francs soixante-dix centimes destinés à acheter de nouvelles machines pour l'usine et des pièces de rechange. Il s'était bâti une villa au bord de la mer. Mais notre Parti d'avant-garde, vigilant, a pris des mesures sévères : il n'est plus directeur ici, il n'est maintenant que le directeur d'une sous-agence quelque part, bien que, pour des raisons humanitaires, on n'ait pas saisi la villa (il a dix enfants, le pauvre, et il est le neveu du sous-secrétaire général de notre syndicat unique). Mon honnêteté m'oblige cependant à être franc avec vous et vous dire que moi aussi j'ai détourné, en un moment de faiblesse contre-révolutionnaire, des biens de la communauté nationale ; mais aujourd'hui ma conscience est tranquille car j'ai payé ma dette envers la société et le Parti. En effet, après un an de prison ferme et après avoir intégralement remboursé les trois boîtes de sardines, dont une était avariée, que j'avais « empruntées » un jour où il n'y avait rien à manger à la maison pour les gosses, j'ai été amnistié le jour de l'intronisation de notre nouveau président qui a rétabli la démocratie en même temps qu'il a libéré quelques prisonniers politiques arrêtés lors de la dernière tentative de coup d'État, celle avant le bon qui a porté notre Chef au pouvoir. Mais je digresse. Je disais donc que cela faisait dix ans que j'étais sentinelle sans qu'il n'y eût un seul vol par effraction à notre usine. Pour moi, la preuve était faite, j'étais compétent. Il ne me manquait que la rougeur.

Au départ, quand ils nous ont demandé d'être rouges, je ne savais pas s'ils parlaient de la couleur des vêtements ou de la couleur de la peau. Vous savez, je ne me suis arrêté qu'au cours élémentaire première année et je ne comprends pas toujours très bien toutes les subtilités du langage politique. Malgré tout, par un raisonnement scientifique, j'ai fini par éliminer la couleur de la peau car, comme je l'ai appris aux cours du soir que j'ai fréquentés pour augmenter mes chances d'être nommé directeur, seuls les Indiens, les Amérindiens, à ne pas confondre avec les Indiens des Indes, avaient la peau rouge, et ces créatures ne se rencontraient pas sous nos latitudes ; il ne pouvait donc s'agir ici que de la couleur des vêtements. D'ailleurs je vous rappelle que si l'on appelle ces gens des Indiens, c'est à cause de l'ignorance européo-centrique de Christophe Colomb qui, parti vers l'Ouest pour découvrir les Indes afin d'accroître les profits capitalistes et monopoleurs de la bourgeoisie bureaucratique, est tombé sur l'Amérique et ses Indiens. Enfin passons, il s'agissait donc de la couleur des vêtements, et de toute façon ç'aurait été raciste que de prendre en compte la couleur de la peau ou l'origine tribale d'un individu pour l'accepter au Parti.

Pendant un mois, je ne me suis habillé que de rouge, je venais au boulot avec une chemise rouge, un pantalon rouge, un foulard rouge ; seules mes chaussures étaient marron car je n'ai pas pu en trouver des rouges. Lorsque le secrétaire général de notre syndicat, membre du comité central du Parti, venait faire un tour à l'usine, je faisais toujours exprès de me moucher avec un mouchoir rouge écarlate pour lui faire savoir que tout chez moi était rouge. Dans notre pays, les services de sécurité, c'est-à-dire notre CIA ou notre KGB, utilisent souvent des femmes d'une moralité un peu douteuse pour tirer des renseignements aux gens surveillés, eh bien, chaque fois que je découvrais que l'une d'elles était une espionne de l'État, je faisais tout pour coucher avec elle en m'arrangeant pour toujours me déshabiller en pleine lumière afin qu'elle vît que même mon slip était rouge ! Ce n'était pas par débauche ou immoralité que je trompais alors ma femme mais c'était un sacrifice pour avancer la cause de la révolution et de sa rougeur. J'avais même réussi une fois à avoir des yeux rouges après avoir bu quelques verres de vin rouge et exposé mes yeux à la fumée de cigarettes. Tout chez moi était donc rouge. J'avais même fait repeindre mon vélo en rouge.

À dire vrai, je ne savais pas pourquoi ils attribuaient une telle importance à la couleur rouge. Personnellement, je préfère le vert reposant de nos forêts, ou alors le bleu turquoise du ciel qui délasse le corps et l'esprit après l'énervement qui précède l'orage. Certes, j'aime bien le rouge éclatant des flamboyants lorsque les fleurs brusquement explosent en fin de saison sèche, ou plutôt en début de saison des pluies ; mais ces fleurs sont belles parce qu'elles rompent la monotonie glauque qui caractérise les feuilles pérennes des forêts tropicales, et puis aussi, elles ne durent qu'un moment. Mais enfin, laissons le subjonctif de côté – pardon, le subjectif, et ne voyons que l'objectif ; cela valait le coup d'aimer le rouge car si j'étais identifié avec cette couleur, en plus de ma compétence, je serais nommé directeur de l'usine et, vous rendez-vous compte, mon salaire allait passer de quinze mille à trois cent mille francs par mois ! Oh ! Je vous dis tout de suite que le côté fric ne m'intéressait pas du tout, car je suis un militant modeste, exemplaire et sincère.

Pendant le mois où j'étais rouge, où du moins je croyais être rouge, je remarquais des sourires discrets quand je passais, des clins d'œil moqueurs et pleins de sous-entendus, des questions bizarres et des devinettes telles que « qu'est-ce qui a les yeux rouges et roule sur un vélo rouge ? » comme s'ils se moquaient de moi. Ils se *moquaient* de moi ! Je suis entré dans une fureur rouge lorsqu'enfin je me suis rendu compte qu'être rouge n'avait rien à voir avec la couleur des vêtements, mais que c'était dans son cœur qu'il fallait l'être. Et pendant tout le temps où je faisais ces dépenses incarnates et imbéciles, ils m'avaient laissé faire ! Ils étaient jaloux de moi, bien sûr ; mais, me disais-je, je leur revaudrai ça le jour où, reconnu rouge et compétent, je serai leur chef.

C'était donc dans son cœur qu'il fallait être rouge ; je trouvais cela idiot puisque tout le monde avait un cœur rouge et que nous avons tous le sang rouge, même les réactionnaires invertébrés – pardon, invétérés – que sont tous ces bourgeois théocratiques, non, autocritiques, non, bureaucratiques (vraiment, excusez-moi, je suis fatigué et je mélange tout après cette nuit sans sommeil). Enfin, après plusieurs enquêtes et recherches – le président Mao a dit que qui n'a pas la parole n'a pas droit aux enquêtes –, j'ai compris qu'être rouge c'était être un bon militant, un bon communiste marxiste-léniniste. Vous comprenez, je ne voulais pas que le poste de directeur m'échappât pour si peu. Passer de quinze mille francs à trois cent mille balles par mois, ce n'était pas rien : la vie facile, les femmes, la bagnole dont j'ai toujours rêvé, une Alfa Roméo ou une Triumph à deux places et décapotable comme celle du camarade ministre de la Propagande et de l'Idéologie ; bien sûr, empressons-nous de le dire tout de suite, bon militant comme je suis, honnête, modeste et exemplaire, l'argent et les biens matériels n'étaient pas ma motivation principale. Je vous le dis en toute simplicité militante, et vous pouvez vérifier cela auprès de mes camarades de travail à l'usine, j'étais un vrai défenseur de la foi, de la voie juste. Chez nous, il y a des êtres malfaisants qu'on appelle des sorciers ; ils voyagent la nuit par l'intermédiaire des oiseaux tels que le hibou ou la chouette ou par l'intermédiaire des animaux bizarres comme le caméléon ou la tortue pour aller tuer des gens en « mangeant » leur âme. Pour se préserver de ces esprits maléfiques, on se barde de fétiches puissants tels que des dents de panthère, des griffes de léopard ou des gris-gris que vendent les commerçants sénégalais ambulants. On dit alors qu'on est blindé. Moi, je vous assure tout de suite que depuis qu'on a exclu du Parti des membres pour pratiques occultes et fétichisme, je ne crois plus aux fétiches et je suis contre Dieu car la religion est le whisky... le chanvre... l'oignon... le morpion... le pion du peuple. Ça été dur de perdre la foi car Dieu m'a beaucoup aidé dans les moments difficiles de la vie mais enfin, il fallait choisir et j'ai choisi. Aussi, pour me blinder, je suis resté fidèle aux symboles du Parti : sur ma chemise rouge j'avais agrafé l'effigie en médaillon du fondateur de notre Parti ; sur le garde-boue avant de mon vélo rouge j'avais collé le portrait en pied et en couleurs du chef actuel de notre révolution et sur le garde-boue arrière, les armes de notre Parti historique composées d'une houe et d'une machette entrecroisées, enguirlandées de feuilles de palmiers sur fond jaune. Avec une telle protection, un tel talisman, je ne voyais pas comment les démons de la réaction pourraient réussir à me tenter. Mon zèle était authentique, croyez-moi quand je vous dis que l'argent et les autres biens matériels n'étaient pas ma principale motivation.

Je décidai alors d'apprendre la parole de Marxengels et de poser ma candidature au Parti. Toute modestie mise à part, je dois reconnaître que je suis doué d'une intelligence un peu au-dessus de la moyenne car, malgré mon éducation élémentaire, je suis parvenu à maîtriser la terminologie du Parti en une semaine : j'écoutais tous les jours les journalistes à la radio et à la télévision parce que chez nous, comme l'a si bien expliqué le camarade ministre de l'Information et Agitation, les journalistes n'étaient pas là pour informer et analyser l'événement tel qu'ils le sentaient, ils n'étaient que des propagandistes de la ligne juste, c'est-à-dire les perroquets du Parti. J'apprenais tout par cœur y compris les slogans qui tapissent nos murs tels que « vivre c'est beaucoup produire », « la censure de certaines idées est indispensable à la survie de notre révolution ». L'essentiel n'était pas de comprendre vraiment ce que tout cela voulait dire, mais de sortir l'une de ces phrases toutes faites au bon moment soit pour se faire remarquer, soit pour boucler la gueule à un contradicteur. Dites-lui par exemple : « Camarade, votre attitude est celle d'un saboteur de la révolution », et vous le verrez trembler car il s'imagine déjà les agents de la sécurité d'État lancés à ses trousses.

J'ai également appris de nombreux termes nouveaux et je vous assure, ce n'était pas toujours facile de comprendre ce qu'ils voulaient dire. J'ai par exemple mis du temps à savoir ce qu'était un membre de la bourgeoisie bureaucratique. Au début, je croyais que c'était une bonne chose, il fallait en faire partie pour bien vivre ; car ils disaient à la radio qu'un bourgeois bureaucrate était un individu qui roulait dans des voitures luxueuses, qui possédait au moins une belle villa, qui avait beaucoup d'argent, etc., etc. Ce qui m'a induit en erreur c'est qu'en regardant autour de moi, j'ai vu que tous nos ministres, nos ténors politiques, les membres du comité central de notre glorieux parti, tous avaient des voitures luxueuses climatisées, leurs épouses et leurs enfants ne rôtissaient pas sous le soleil en attendant un autobus imprévisible pour aller au marché ou à l'école. Ils fêtaient au champagne, ils préféraient les boissons importées aux boissons locales, etc. Je croyais donc que tous nos dirigeants révolutionnaires étaient membres de la bourgeoisie bureaucratique et bien sûr je souhaitais en faire partie.

Ce n'est que plus tard qu'on m'expliqua qu'être un bourgeois bureaucrate était une mauvaise chose. Finalement, grâce à mon intelligence dont je vous ai parlé tout à l'heure, j'ai pu résoudre aisément cet épineux problème. Si vous avez devant vous deux personnes possédant toutes deux des voitures de luxe, une villa de luxe, dînant au champagne, etc., voici la méthode infaillible : celui qui est membre de notre Parti unique et historique d'avant-garde est un « haut responsable » révolutionnaire et tout ce qu'il possède, ce ne sont que les bases matérielles pour l'aider dans sa tâche ; celui qui n'est pas au Parti est, par contre, un bourgeois bureaucrate, comprador, exploiteur du peuple, qui a volé tout ce qu'il possède à ce dernier.

De temps en temps, comme vous vous en êtes certainement déjà rendu compte, toutes ces phrases, tous ces slogans, tous ces termes appris en même temps provoquent un embouteillage dans mon cerveau, mais à tout prendre, mieux vaut un embouteillage suivi d'un léger mal de tête que rater une promotion de quinze mille à trois cent mille francs par mois, n'est-ce pas ?

Mais, ô surprise, le nouveau directeur de l'usine fut nommé, et ce n'était pas moi ! Ce n'était même pas un homme de la boîte ! Ils nous prennent vraiment pour des idiots, je vous assure. Après nous avoir serinés pendant des mois en disant que le nouveau directeur serait un ouvrier de la boîte, rouge et compétent, ils nous parachutent un individu dont ils nous disent que c'est un prolétaire parce que c'est un fils de paysan et un membre du Parti. Merde alors ! moi aussi je suis fils de paysan ! On est tous fils ou petit-fils de paysan en Afrique ! Oh, attention, il ne faut pas croire que j'étais jaloux parce que je n'avais pas été nommé, non, je suis honnête et après ma déception passagère, j'ai analysé la situation et j'ai vu que le Parti avait raison, l'homme était compétent : non seulement c'était un type que le président connaissait très bien, mais il venait en plus de la même ethnie que lui. Il ne pouvait donc qu'être compétent. Donc, pour prouver ma sincérité révolutionnaire et mon manque de rancune, j'étais là dès sept heures trente pour assister à la cérémonie de son intronisation, cérémonie qui n'allait commencer qu'à neuf heures.

Mais je vois que si je vous ai longuement parlé

de moi, je ne vous ai pas encore parlé de la cérémonie. Événement historique car, pour inaugurer
la prise de fonction du nouveau directeur et pour
montrer l'importance que la révolution attachait à
la bonne marche de nos usines, le président de la
République, au demeurant président du comité
central du Parti, président du conseil des ministres,
chef des armées, etc., tenait à y assister lui-même,
devant toutes les forces vives de la nation.

Les premiers arrivés étaient les professeurs. Je
ne sais s'ils font partie de la bourgeoisie commo-
dore, je veux dire comprador, mais ils étaient tous
là dans leur toge bleue et lie-de-vin. On aurait dit
des thons en coque. Les professeurs sont des gens
que j'ai toujours admirés. Maintenant je les admire
moins depuis le jour où ils s'étaient laissés insulter
publiquement par un représentant étudiant qui,
lors d'une rentrée académique solennelle, les avait
traités dans son discours officiel de membres d'une
classe propice aux idées et activités réactionnaires
et bourgeoises. Aucun d'entre eux n'avait osé
réagir. Nos professeurs sont devenus comme tout le
monde, caporalisés, répétant les mêmes slogans que
nous, ouvriers et paysans ; ils sauvent leur pain eux
aussi. Remarquez que je les juge moins sévèrement
maintenant que je suis sur le point d'être rouge car
je comprends aujourd'hui que pour gravir avec
succès les chemins ardus de la rougeur, il faut
d'abord rendre sa personnalité incolore.

Donc les professeurs toqués et togés étaient là debout sous le chaud soleil tropical ; il n'y avait pas de chaises pour eux, il n'y avait que quelques fauteuils à l'ombre pour les hautes personnalités invitées. Les ouvriers arrivèrent ensuite dans des cars mis à leur disposition par l'État, car eux, ils étaient les forces vives de la nation, les prolétaires faiseurs de révolution et je m'empresse de dire tout de suite pour lever toute équivoque que je me considère comme un ouvrier. Puis les femmes et leur mouvement révolutionnaire, les pompes funèbres et leur association des pompes funèbres révolutionnaires... bref, tout ce qu'on appelait les forces vives de la nation.

Pendant ce temps, il était déjà dix heures quinze. La cérémonie devait commencer à neuf heures précises, mais vous savez, en Afrique le temps est toujours en avance ; nous avons beau nous presser, il est toujours devant nous. Les ouvriers, fatigués, s'étaient éparpillés sur l'herbe, à l'ombre des palmiers et des ravénalas qui ornaient la place ; les pompistes funèbres et révolutionnaires s'étaient réfugiés à l'intérieur de leur fourgon noir. Chacun avait plus ou moins trouvé un moyen pour se soustraire temporairement à l'ardeur du soleil et à la fatigue des jambes... sauf les professeurs qui, soucieux de maintenir leur dignité d'intellectuels et d'élite de la nation, restaient debout sous l'ardent soleil équatorial, transpirant à grosses gouttes sous l'épaisse bure de leur toge moyenâgeuse. Moi, je me suis glissé sous l'ombre de l'abri réservé aux personnalités, faisant semblant de redresser un fauteuil par-ci, un drapeau par-là, me rendant en quelque sorte indispensable.

À dix heures quarante-cinq, la voiture du camarade secrétaire général du syndicat unique apparut, précédée de deux motards. Je vous dis en toute sincérité que c'est moi qui ai commencé à applaudir ; les autres, y compris le nouveau directeur pour lequel cette manifestation avait été organisée, ne l'ont fait que bien après moi. Mieux encore, profitant de mes dix ans de gardiennage et connaissant tous les petits trucs de la maison, je fus le premier près de sa voiture. Je lui ouvris la portière, il me serra la main le premier d'entre tous si bien que le photographe du journal révolutionnaire de notre Parti et dans lequel on n'écrit que la vérité, surpris, prit plusieurs photos, croyant que j'étais une personnalité importante.

J'ai peut-être involontairement retenu un peu plus longtemps que nécessaire la main du camarade secrétaire, le temps que le photographe puisse bien cadrer la photo ; mais croyez-en la parole d'un militant sincère, honnête et modeste, je ne l'ai pas fait pour moi-même, mais pour l'intérêt de la révolution, pour que l'on voie bien que notre camarade secrétaire général, quoique au sommet de l'appareil politique du pays, n'hésitait pas à se mélanger, à converser, à vivre avec la masse, avec le plus obscur petit ouvrier prolétaire.

Il alla s'installer ; tout était en place, on n'attendait plus que le chef de notre révolution.

Tout d'un coup, nous entendîmes des sirènes. Le chef arrivait. Remue-ménage. Les gens se précipitaient en applaudissant vers l'avenue sur laquelle il allait déboucher. Moi, en militant digne et compétent, je restai sur place, car j'avais réussi à me faire nommer responsable du micro, c'est-à-dire l'homme qui devait le monter ou le descendre selon la taille de l'orateur. Ils voulaient d'abord offrir cette tâche à un agent de la sécurité d'État, c'est-à-dire de la police secrète, mais je finis par convaincre le superviseur de la cérémonie à l'usine qu'il fallait que ce travail revînt à un homme de la maison, un ouvrier modèle, ancien de la boîte, afin de respecter l'esprit de l'événement. J'ai réussi à le persuader sans difficultés car c'était un homme raisonnable quoique à la fin, devant ses hésitations, j'aie dû lui glisser un billet de mille francs, non pas pour lui graisser la patte, mais tout simplement pour le remercier d'avoir abusé de son temps ; j'ai d'ailleurs remarqué que souvent ici, dans notre pays révolutionnaire, les gens, je ne sais pourquoi, étaient beaucoup plus diligents quand on leur glissait un petit quelque chose. Vous vous demandez pourquoi tenir le micro était si important ? C'est parce que quand on s'occupe du micro, on précède chaque orateur, on monte, on baisse le micro et le cas échéant on le teste. Supposez que ce soit le président de la république lui-même : si on s'arrange bien, on peut arriver à se faire photographier avec lui. Vous rendez-vous compte, être sur la même photo que le camarade suprême ! Trouvez-moi un meilleur moyen pour se faire remarquer ! Ce n'est pas de l'opportunisme ou une attitude anarcho-profito-bureaucrato-situationniste. Mettez-vous à ma place : j'étais compétent, j'étais rouge, il ne me restait plus qu'à me faire remarquer. Et comment ? En militant, bien sûr. Eh bien ! remonter le micro du président de la République était une façon de militer !

Donc, les sirènes et les motards. Puis les soldats armés, devant, derrière, sur les côtés. Oh, vous savez, il est très aimé, notre président. Il se sent dans le peuple, selon l'expression du président Mao Zedong, comme un pêcheur dans l'eau, non, comme un hameçon dans le poisson, non, comme l'eau dans un poisson, enfin quelque chose comme ça. Les soldats armés ? C'était pour éviter que les mercenaires recrutés par la bourgeoisie plouto-anarchique qui se cachent de l'autre côté du fleuve et de la forêt ne viennent avec leurs missiles téléguidés et leurs bombes à neutrons, engins capitalistes et anarchistes, agresser le chef de notre révolution ; c'est là l'unique raison pour laquelle il est toujours accompagné dans ses moindres déplacements par cette cohorte armée jusqu'aux cheveux. Bien sûr qu'il y a des bavures ! comme ce copain qui, lors d'une visite du chef de la révolution dans notre entreprise, emporté par son enthousiasme, avait levé un peu trop rapidement les bras pour l'acclamer : il fut abattu sur-le-champ, ils avaient cru qu'il voulait tuer le chef. Mais il faut pardonner ces bavures à notre grande armée historique car, dites-moi, dans quel pays au monde n'y avait-il pas de bavures dans l'armée ou la police ?

Le chef arrivait, le chef arriva. Bravos. Je me tenais près du micro, droit comme un palmier sous le soleil, le torse bombé, prêt pour la révolution. Le chef descendit de sa Mercedes blanche à six portières. Grand, brun, beau gosse, fine moustache, allure martiale et prestance prétorienne, homme-peuple, homme-État, homme-parti, homme des masses, l'incarnation de la révolution, président du comité central du Parti, président de la République, chef de l'État, président du conseil des ministres, chef suprême des armées, maréchal à vie ! Le XXᵉ siècle ne pouvait pas ne pas connaître un tel homme ! Notre pays est peut-être un petit pays, mais l'homme qui le conduisait était grand ! On ne peut parler de la France sans parler de Napoléon, de l'Union Soviétique sans Lénine, de la Chine sans Mao ; de la même façon on ne pourra plus parler de l'Afrique sans parler de notre guide suprême, en chair et en os là devant mes yeux. Et je revoyais les posters géants de notre chef qui, le buste émergeant d'une marée de mains tendues vers lui, le regard inspiré fixant une étoile rouge et lointaine, guidait notre peuple vers des avenirs radieux... Ah ! des larmes d'émotion et de ferveur révolutionnaire me coulaient sur les joues ! Il marcha à pas lents et calculés vers sa place sous les ovations et les cantiques de louange, posa délicatement ses fesses léninistes dans le fauteuil rouge capitonné et se croisa les jambes. La cérémonie pouvait commencer. Il était onze heures trente.

Le secrétaire général de notre syndicat unique s'avança ; je me précipitai et baissai la tige du micro d'un cran, le testai en y envoyant une pichenette qui résonna dans les haut-parleurs puis lui cédai la place.

Il commença à parler en disant qu'il fallait combattre le tribalisme. Ça me faisait bien rigoler parce que tous les trois, le secrétaire général du syndicat, le nouveau directeur et le président de la République venaient tous de la même région du pays. Et je ne suis pas sûr qu'aujourd'hui je ne serais pas directeur de cette usine avec trois cent mille balles en poche si j'avais été originaire du même coin qu'eux. Oh, attention, ce n'est pas une attaque, il est normal que la direction du pays soit dominée par les gens de la région et de l'ethnie du président car, comme dans un jardin, certains coins donnent de meilleurs légumes et fruits que d'autres. Du temps où un type de ma région était président, la plupart des responsabilités politiques et administratives étaient tenues par des gens de mon ethnie ; maintenant c'est l'inverse. Normal.

En Afrique, vous savez, la compétence comme le génie s'arrange toujours pour fleurir brusquement dans la région ou dans l'ethnie de celui qui détient le pouvoir. J'ai vécu des cas où des révolutionnaires exemplaires se sont transformés en réactionnaires invétérés et vice versa en l'espace de quelques heures à la suite d'un coup d'État. Mais je vois que je divague encore, revenons à la cérémonie. Le secrétaire de notre syndicat unique était déjà arrivé à la fin de son discours ; il conclut en criant à pleins poumons :

– Vive le président du comité central de notre Parti qui sera notre président à vie jusqu'à la mort !

Évidemment, toujours aussi zélé et profitant du fait que ma voix pouvait porter jusqu'au micro, je hurlai avec enthousiasme le slogan du camarade secrétaire :

– Jusqu'à la mort notre président, à la mort du président, à mort le président...

Et tout le monde reprit le slogan sur l'air des lampions, avec une chaleur toute particulière du côté des pompistes funèbres :

– À mort le président, à mort le président, à mort le président...

Je remarquais que les professeurs ne criaient

pas, peut-être jaloux que ce fût moi, personne d'éducation élémentaire et simple ouvrier de sur-croît, qui aie lancé le slogan. En tout cas, ils avaient l'air perplexe comme s'ils ne comprenaient pas ce qui se passait.

De toute façon, je sais que ces professeurs ont toujours été contre moi. La preuve ? Lors d'un concours de poésie à l'usine où on nous avait demandé de commémorer le pieux souvenir de feu notre président fondateur, j'écrivis, et je le dis en toute modestie, le meilleur poème du lot dont voici quelques vers :

> *Ô mort Immortel*
> *tombé sous les coups mortels*
> *des capitalistes-impérialistes*
>
> *Notre cellule n° 5, arrondissement*
> *rouge et révolutionnaire*
> *soutiendra pendant cent ans*
> *le plan triennal*
> *du développement économique autocentré...*

Admirez les images, les allégories, le mouve-ment du mot « Immortel » qui, en longues enjam-bées, embrasse et étouffe le mot « mortels » comme pour le nier dans un rapport dialectique ! Eh bien, messieurs les professeurs du jury n'ont rien vu de tout cela et mon poème fut rejeté. Donc, qu'ils n'apprécient pas aujourd'hui le slogan que j'ai lancé n'était pas fait pour me surprendre. Par contre, ce que je ne comprenais pas, c'était pourquoi le camarade secrétaire général du syndicat me lançait ces regards courroucés ; pourtant je n'avais fait que reprendre son slogan. Il arracha le micro à pleine main et hurla si fort que je crus un instant que les haut-parleurs allaient éclater :

– Président à vie, à vie le président, à vie…

C'est alors que je compris ma bévue. Je repris aussitôt et en redoublant de zèle pour faire oublier mon impair :

– À vie le président, pour l'éternité notre président, immortel notre président.

Enfin, le camarade secrétaire se retira en me lançant un sourire crispé. Ouf, je l'avais échappé belle. Comme quoi, en toute chose, il fallait être mesuré dans le zèle.

Ensuite vint le nouveau directeur. Il fit l'éloge de la révolution et de son chef ; il exhorta les travailleurs en leur disant qu'il fallait faire huit heures de travail et non pas huit heures au travail, car qui n'a pas travaillé n'avait pas droit au salaire. Au fond de moi-même je me disais ouais, mon pote, moi aussi j'aurais rendu hommage à la révolution aussi bien que toi si j'avais été, comme toi, bombardé directeur ; et puis cause toujours, mon brave, que dis-tu lorsque nous avons un retard de deux ou trois mois dans nos salaires, est-ce que cela veut dire que même ceux qui ont travaillé n'ont pas droit au salaire ? De toute façon, avec tes trois cent mille balles par mois sans compter les indemnités, tu ne dois pas sentir un retard de quelques mois alors que nous avec nos quinze mille par mois et nos six gosses ! Évidemment je m'empresse de dire que je ne pensais pas vraiment cela, j'essayais seulement de penser ce qu'un réactionnaire chien couchant de l'impérialisme bancal et animiste pouvait penser du discours du camarade directeur ; car comme disait le camarade Lénine en appliquant la découverte scientifique de Marxengels, il faut combattre les idées erronées avant même de les connaître. C'est pourquoi je suis d'accord qu'on interdise les journaux qui ne pensent pas comme nous voulons qu'ils pensent, je suis d'accord avec le Parti lorsque sa commission de censure interdit aux poètes et aux écrivains d'écrire des vers ou des phrases non autorisés. Enfin le camarade directeur général termina son discours en scandant les slogans habituels contre l'impérialisme, la bourgeoisie acrobatique et la tabagie qui règne dans la façon de gérer les affaires de l'État.

Enfin, vint le clou de la manifestation et je maudis encore ce clou !

Le guide de la révolution, l'homme-peuple, le Lénine africain, s'approcha de la tribune, je me précipitai pour lui remonter le micro. Je donnai une pichenette, le son résonna dans les haut-parleurs, tout était O.K., je m'inclinai pour le laisser passer, assez lentement tout de même pour que je puisse être présent dans une photo ou deux. C'est quand j'allais descendre de l'estrade, au moment précis où j'avais mis le pied droit sur le marchepied supérieur que se produisit l'explosion…

Malgré mon éducation élémentaire, j'ai quand même de la culture, aussi je peux vous dire que je revois exactement ce qui s'est passé comme dans ce que les réalisateurs de cinématographie appellent le « ralenti » c'est-à-dire en anglais – j'ai quelques rudiments de cette langue – le flickback… backflick… blackflash : lorsque l'explosion s'est fait entendre, tous les militaires s'étaient jetés par terre, ils s'étaient couchés ! Pour une fois qu'ils n'étaient pas devant de pauvres civils terrorisés où ils arrivaient à dix armés jusqu'aux dents, pour perquisitionner brutalement chez un pauvre mec sans défense avant de le coffrer, ils avaient perdu de leur insolente superbe. C'est pas vrai quand ils racontent maintenant que c'était « une progression rampante en essaim ». Ils avaient tout simplement la trouille ! Quant aux professeurs, n'en parlons pas. J'en ai vu un de chimie, celui qui porte des lunettes rondes et qui est barbu avec des cheveux touffus, s'empêtrer dans les pans de sa longue toge ; il est tombé, il a essayé de se relever, il est retombé, perdant sa toque et ses lunettes. Quand enfin il a pu se relever pour de bon, il a soulevé sa toge comme les curés soulevaient leur soutane du temps où ils en portaient une et s'est mis à courir comme si le diable était à ses trousses. Sûr qu'il avait la trouille, celui-là aussi ! Mais moi, qu'ai-je fait ?

Vous savez, lorsque je voulais devenir rouge, j'avais suivi des cours de combat et de protection rapprochés, car mon ambition, hélas abandonnée depuis, était de devenir garde du corps du président de la République ; j'ai toujours visé les sommets dans ma courte vie même si aujourd'hui je ne suis que le gardien d'une usine de récupération de fumier. Alors, quand j'ai entendu l'explosion et que j'ai vu tout le monde fuir, mon sang n'a fait que trois tours. Révolutionnaire, j'ai oublié ma vie ; révolutionnaire, j'ai oublié ma femme ; révolutionnaire, j'ai oublié mes six enfants dont trois en bas âge : le chef était là, seul, les yeux affolés, hésitant à choisir d'un côté entre sa dignité de maréchal d'armée, chef de l'État, c'est-à-dire rester debout comme De Gaulle devant la cathédrale de Notre-Dame de Paris (j'ai vu un film la semaine dernière sur la libération de Paris au Centre Culturel français parce qu'il n'y avait pas de film révolutionnaire sur Lénine et la révolution russe cette semaine-là au Centre Culturel soviétique) et de l'autre, se coucher par terre pour sauver sa vie. Je vous le dis, j'ai bien vu ses yeux et croyez-moi, il avait le trouillomètre à zéro. J'espère qu'il a vécu à ce moment-là l'angoisse de ces pauvres gens que lui et ses pareils, assis

confortablement dans leur bureau climatisé.
envoyaient fusiller au petit matin en les accusant de
toutes sortes de crimes sans preuves. Mais il est vrai
que la raison du plus fort est toujours la meilleure,
il suffit d'avoir les armes de son côté pour avoir
raison. Mais attention, surtout n'interprétez pas
mes paroles de travers. Si le Guide avait peur, ce
n'était pas pour lui, il avait peur pour la révolution,
car, lui disparu, qui dirigerait notre révolution qui
volait actuellement de victoire en victoire ? Le chef
était là, seul. Il voulait crier : « À moi, gardes ! »
mais les gardes progressaient en essaim en rampant
sous l'estrade ou derrière les fauteuils. Il aurait dû
crier : « À moi, peuple ! » et c'est tout le peuple qui
serait monté des plus lointains quartiers populaires
pour venir défendre son chef seul et paniqué sur
l'estrade. J'étais le seul « peuple » présent et je fis
ce que ma conscience révolutionnaire me dictait de
faire, offrir mon corps en don à la révolution : je
plongeai sur le chef pour faire bouclier. Surpris, il
essaya de reculer tout en tentant de sortir son
revolver car il avait toujours une arme sur lui. Mais
dans son mouvement, il accrocha les fils du micro,
se prit les jambes, glissa, essaya de se raccrocher à
la toile rouge qui couvrait la tribune ; la toile se
déchira et le chef tomba en bas, au sol, atterrissant
d'abord sur ses fesses présidentielles, révolutionnaires et je suppose rouges. L'estrade bascula alors,
m'emportant également et je tombai sur le chef.

C'est ce qui me sauva. Car, sans l'intimité dans laquelle nos deux corps étaient confondus, moi gardien d'une usine à fumier et lui gardien d'une révolution tournée vers des avenirs radieux et promettant de lointains lendemains heureux, les militaires n'auraient pas hésité à me tirer dessus ; ils ne l'ont pas fait parce qu'ils avaient peur de toucher le président. D'ailleurs ça se mettait maintenant à canarder partout. Quant à moi, on me bourrait de coups de crosse, de brodequins et de je ne sais quoi encore. L'arcade sourcilière ouverte, deux côtes cassées, je suis tombé dans les pommes et je ne me suis réveillé que dans la salle de tortures de la commission d'enquêtes sous la brûlure du courant électrique qu'on était en train de me passer dans les couilles. Vers quinze heures, on m'a apporté une liste de quinze noms qu'on m'a demandé de reconnaître comme étant ceux de mes complices. Vraiment, je ne savais pas du tout de quel complot il s'agissait, mais mes souffrances physiques étaient, devenues insupportables ; je les ai donc tous reconnus comme étant mes acolytes, on les a immédiatement fusillés, après qu'on eut fait passer des enregistrements à la radio où ils avouaient spontanément leurs crimes. On m'a ensuite suspendu par les pieds, la tête en bas, pendant qu'une radio braillait dans la pièce.

Bien sûr, quarante-huit heures plus tard, l'enquête a révélé que l'explosion avait été causée par l'éclatement d'un pneu de taxi de marque Renault 4 et que c'était le bruit de cette crevaison qui avait causé la panique. Mais comme l'a démontré avec brio le commissaire du gouvernement qui préside la cour révolutionnaire exceptionnelle dans une déclaration lue à la radio qui braillait dans la pièce où j'étais torturé, la fatalité n'existe pas : qui a demandé à ce taxi de passer par là à la seconde même où le président montait à la tribune ? Pourquoi l'explosion ne s'est-elle produite qu'au moment précis où ce monteur de micro avait amorcé un mouvement de recul si cela n'avait été le signal convenu ? Et mieux encore, comment un clou, et un vieux clou rouillé en plus, être inanimé, c'est-à-dire non doué de volonté autonome, pouvait-il venir se placer délibérément, pointe en avant, sous la roue arrière gauche c'est-à-dire la plus usée du véhicule, si quelqu'un ne l'avait placé là ?

N'est-il pas clair que le but de l'opération était de profiter du cafouillis extrême causé par l'explosion délibérément provoquée pour abattre le chef de la Révolution ? Et s'il n'y avait pas complot, pourquoi l'une des femmes voyageant dans le taxi avait-elle nié avoir quelque chose à cacher alors que, après l'avoir déshabillée et passé systématiquement son corps nu au peigne fin, les services de sécurité, vivant exemple de compétence révolutionnaire, ont découvert un gros grain de beauté de couleur noire de la taille d'un millimètre et demi environ sur sa fesse droite ? (J'insiste sur ce mot droite, avait-il crié, car cela montre de quel côté penche le sentiment politique de ces gens !)

Pour revenir au rôle de ce gardien de fumier improvisé en technicien sonore, pourquoi en venant ce matin à la cérémonie – avec *deux* heures d'avance ! – sur son vélo repeint en bleu (camarades, le bleu est la couleur de la réaction, avait-il hurlé, on dit « avoir du sang bleu » quand on parle de la noblesse dégénérée d'Europe, exploiteurs de type féodal !), pourquoi donc ce matin-là avait-il salué dans la rue l'une des personnes qu'il a spontanément reconnue à l'interrogatoire comme étant l'un de ses complices et que nous avons immédiatement fait fusiller, personne qu'il prétend connaître depuis une vingtaine d'années, si ce n'était là un acte de collusion ? Que faisait donc parmi ses livres un exemplaire de la Constitution de la France, un exemplaire de la Constitution des États-Unis et, écoutez-moi bien, un recueil d'articles sur l'abominable apartheid sud-africain, si ce n'était là un désir secret et refoulé d'instaurer ces régimes chez nous... etc., etc. ? Tout se mélange dans ma tête.

Ne sachant plus où j'en suis, fatigué, affamé, le corps gercé par une nuit passée debout dans une barrique d'eau de chaux salée, je vous prie, monsieur le camarade président de la commission d'enquêtes, dites-moi ce que je dois avouer, ce que vous aimeriez m'entendre dire ; dites-moi qui d'autres je dois dénoncer comme complices. Je suis prêt à dire n'importe quoi, à signer n'importe quel document. Par pitié, bien que révolutionnaire, militant sincère, honnête et exemplaire, le corps a ses limites, je n'en peux plus !

JAZZ ET VIN DE PALME

« The next day the spaceships landed. Art Blakey
records was what they were looking for… »
LeRoi Jones (Imamu Baraka), *Tales*

I

*I*LS n'étaient dans le ciel que deux sphères lumineuses qui tournaient sur elles-mêmes telles des lucioles folles. Ils survolèrent d'abord lentement la femme qui travaillait dans son champ, puis se posèrent en douceur à côté d'elle. Prise de panique à l'approche des deux créatures qui descendirent des vaisseaux, elle s'enfuit, laissant derrière elle tout ce qu'elle avait de plus précieux, y compris son ânesse. Les créatures, deux exactement, marchèrent vers l'ânesse et la main sur le nombril (signe de respect chez eux ?) baissèrent la tête et l'une d'elles appuya sur le bouton de sa minicassette ; une phrase en sortit en swahili :

– Voulez-vous nous mener chez votre président ?

Et l'ânesse de s'effrayer, de ruer en direction du
village ; et les deux créatures de la suivre, croyant
qu'elle avait compris et qu'elle les menait chez le
président des hommes. Pendant ce temps la femme
était arrivée au village, essoufflée, seins au vent, le
visage lacéré par les buissons épineux de la
brousse ; elle arriva en criant et ameuta tout le village : « Vite, vite, criait-elle, des soucoupes
volantes, des êtres bizarres. Ils ressemblent aux
êtres humains mais ils sont bleus, d'un bleu d'acier
dur ; leurs traits physiques nous ressemblent mais
ils ont les cheveux verts. Ils marchent avec des
gestes saccadés et ils font peur. »

Tout le village s'anima. Les enfants se cachèrent
sous les lits ; les femmes accrochèrent des amulettes
et des gris-gris partout et se réfugièrent dans les
maisons et sous les lits ; les hommes s'armèrent, qui
de flèches, qui d'arcs, qui de lances, tandis que les
anciens combattants, mettant à l'épreuve la stra-
tégie apprise pendant deux guerres mondiales au
service de la mère patrie, sortirent leurs vieux fusils
de chasse et prirent position autour de la cité.

Et l'ânesse arriva en hennissant : elle s'arrêta
net, le corps criblé de balles et de flèches. Les deux
créatures s'arrêtèrent aussi ; elles n'eurent pas le
temps de parler ni de faire un geste, elles étaient
criblées de balles, de flèches, de lances et tombè-

rent l'une face contre terre, l'autre sur le dos, tandis qu'un sang bleu turquoise coulait à gros caillots des blessures multiples. Leurs corps morts se desséchèrent aussitôt, devinrent pulvérulents et la poussière bleue disparut aussitôt sous les yeux des villageois stupéfaits. Au même moment, comme si les créatures restées à bord avaient appris le sort de leurs camarades, les deux vaisseaux de l'espace s'élevèrent et disparurent dans le crépuscule des cieux.

II

ILS VENAIENT de partout. Des quatre coins de l'horizon ils venaient, ils zébraient le ciel, clignotaient, menaient une danse folle avant de se poser sur le sol dur. C'étaient ainsi des dizaines, des centaines, des milliers de vaisseaux spatiaux qui se posaient et couvraient la savane de la Cuvette congolaise, débordaient de l'autre côté du fleuve jusqu'à Kinshasa. Ceux qui tombaient dans le fleuve étaient aussitôt submergés ou entraînés, d'abord lentement, puis brusquement happés par la violence du tourbillon qui les précipitait vers les cataractes en aval où ils allaient se fracasser contre d'énormes blocs de granite. D'autres explosaient au contact de l'eau en une gerbe de lumière qui faisait grogner de colère les hippopotames et les crocodiles endormis tandis que les oiseaux aquatiques se réfugiant sur les nénuphars piaillaient de peur.

Ils venaient toujours par dizaines, par centaines, par milliers ; l'horizon était bouché. Ils tombèrent sur Brazzaville, sur Kinshasa. À Brazzaville, ils tombaient sur des buildings, se fracassaient, prenaient feu. Trois tombèrent sur le palais du président de la République, traversèrent le toit et s'écrasèrent dans sa chambre à coucher avant d'exploser : il n'eut que le temps de prendre ses galons dans sa fuite. Ils tombèrent sur l'ambassade d'URSS, ils tombèrent sur le rond-point de la Paix, ils tombèrent sur la Maison de la Radio qui n'émettait plus tant l'air était chargé d'électricité...

Et ce fut un début de panique.

III

LES ÉTATS-UNIS proposèrent ce qu'ils appelaient
« saturation bombing », le système de tapis de
bombes qu'ils avaient essayé en Allemagne, en particulier à Dresde, et perfectionné au Viêt-nam, et
tant pis si dans le processus quelques indigènes y
laissaient leur peau ; après tout, non seulement la
terre continuait à tourner malgré le massacre de
dizaines de milliers d'Indiens, mais l'Amérique était
même devenue la première puissance mondiale.
Les Russes au contraire étaient pour la bonne
vieille méthode d'une intervention massive de chars
et de véhicules blindés qui avait si bien réussi en
Hongrie, en Tchécoslovaquie et en Afghanistan. La
Chine, vu la gravité de la situation, proposait de
faire déferler dans la Cuvette congolaise des millions d'hommes ; on pouvait en tuer quelques millions, il en resterait toujours suffisamment pour
vaincre les envahisseurs qui après tout n'étaient que
des tigres en papier. Cuba, appuyé par le Vietnam
et la Corée du Nord, proposa d'employer la
méthode de la guérilla : si l'envahisseur avance,
nous reculons, s'il recule, nous avançons, ainsi nous
jugerons de ses forces et de ses faiblesses. L'Afrique

du Sud, elle, proposa tout simplement de construire des barbelés, une sorte de ligne Verwoerd autour du lieu de contamination et suggéra de placer le long de cette ligne des soldats de pure race ; et pendant qu'on y était, on ferait bien de parquer dans cette zone contaminée tous les Noirs, tous les Arabes, tous les Chinois, tous les Indiens d'Amérique et d'Asie, tous les Papous, tous les Malais, tous les Esquimaux... (Il dut s'arrêter pour reprendre son souffle tant l'énumération était longue.) Le délégué de la Namibie lui fit remarquer que cela signifiait plus des trois-quarts de l'humanité mais le délégué d'Afrique du Sud répondit que le monsieur de la Namibie employait le mot « humanité » dans un sens trop large et que même s'il acceptait le sens que lui donnait ce dernier, ce ne serait pas un trop grand sacrifice pour sauver la race blanche. Les délégués afro-asiatiques quittèrent la salle de délibérations en signe de protestation...

Ils continuaient à venir par dizaines, par centaines, par milliers. La Cuvette congolaise était débordée : Douala, Abidjan, Tenkodogo, Tombouctou... Ils couvraient maintenant toute la partie nord du continent. Ils descendaient aussi vers le sud et menaçaient directement les célèbres mines du Katanga devenu depuis Shaba.

C'était toujours l'impasse totale. Le délégué soviétique accusa les États-Unis de n'avoir rien fait pour prévenir l'invasion et affirma qu'il ne serait pas le moins du monde étonné s'il apprenait que ces derniers étaient derrière tout cela ; le fait que l'ambassade soviétique à Dongola au Soudan ait été touchée quatre-vingt-dix-neuf fois n'était qu'une preuve supplémentaire pour étayer ses soupçons. Le délégué américain riposta en précisant que leur ambassade à Boko avait aussi été touchée. De toute façon, il était de notoriété publique que les Russes ne cherchaient qu'à saboter le travail du Conseil de Sécurité de l'ONU. Qui savait si derrière tout cela il n'y avait pas un grand complot pour soviétiser le monde ? Mais que le délégué soviétique se rappelle bien ceci : « Plutôt mort que rouge ! » Le délégué du Swaziland, qui, avec ses trente-trois enfants (dont des quintuplés) et ses quatorze femmes, était habitué aux incessantes querelles d'un harem, interrompit les délégués russes et américains afin qu'un débat d'une telle importance ne tournât pas au dialogue. De toute façon, il était inutile de pala- brer plus longtemps sur la cause de cette calamité car lui, après avoir consulté les esprits des ancêtres qui savaient tout sur les souffrances humaines, avait obtenu la réponse : tout ce qui arrivait n'était que de la sorcellerie employée par les Blancs racistes pour éliminer les peuples de couleur comme ils avaient éliminé les Jaunes à Song-My et My-Lai, les Noirs à Sharpeville et Soweto, les Panthères Noires aux États-Unis. Ces paroles, transmises en direct par la radio des Nations Unies via le satellite artificiel Terra I, causèrent un profond émoi à Harlem où les militants du Black Power commencèrent à manifester avec des portraits de Malcolm X, Lumumba, Nelson Mandela et Paul Robeson. Le délégué français représentant la France éternelle championne du tiers monde, de l'Afrique aux Africains et de la logique cartésienne, mit en garde l'assemblée de n'accepter aucune solution exclusivement russo-américaine, ce qui serait plus catastrophique encore que la menace qui était en train de peser actuellement sur le monde ; partant de là, il voulut prouver le bien-fondé de ses interventions armées en Afrique mais dut s'arrêter sous les huées des délégués afro-asiatiques.

Et c'était toujours l'impasse.

Au nord ils étaient sur l'Europe, l'Amérique. À Aulnay-sous-Bois, dans la banlieue parisienne, ils tombèrent sur le pavillon de M. et Mme Millet. À Litchfield, petite localité américaine du Connecticut, ils tombèrent sur la maison du Docteur Huvelle qui, pris de panique, alla se réfugier chez son voisin, l'architecte anglais. Ils tombaient toujours sur l'Afrique ; en Centrafrique ils arrivèrent en pleine intervention française ; aux Comores ils arrivèrent pendant l'assassinat du chef de l'État par un commando suicide vendu à l'impérialisme. Ils étaient sur les mines du Shaba et on en signalait qui commençaient à tomber sur le fleuve Limpopo…

Le délégué belge insista pour que l'on prît une décision immédiate quitte à la prendre unilatéralement dans le cadre de l'OTAN. À la nouvelle de l'invasion de Johannesburg, le délégué de l'Afrique du Sud, ayant perdu son teint de bifteck saignant, blanc comme un drap blanc, se leva et déclara qu'il était prêt à accepter une proposition constructive même venant d'un non-Blanc. Le délégué du Kenya se leva pour suggérer que, comme le voulait la tradition africaine, l'on devait essayer de trouver le chef de la tribu des envahisseurs : on lui demanderait d'inviter les plus vieux d'entre eux à s'asseoir autour du grand arbre sur la place centrale du village, l'on pourrait ainsi palabrer devant quelques calebasses de vin de palme. Pendant ce temps-là on les étudierait à loisir.

La proposition fut acceptée à l'unanimité.

IV

ABSOLUMENT ! Jazz et vin de palme. Le vin de palme les mettait dans un état très réceptif (résultats des études faites aux Laboratoires de Beaujolais en France) et ils adoraient en boire. La musique de John Coltrane les jetait dans un état catatonique d'abord, puis dans une sorte de nirvâna (Laboratoire de Katmandou au Népal), ce qui permettait ensuite à la musique cosmique de Sun Râ de les volatiser (Laboratoire Wernher-Braun aux États-Unis en collaboration avec les laboratoires Gagarin de Moscou). À part cela, rien n'y faisait ! On ne pouvait plus les blesser, ni les transpercer, ni les brûler... Ils n'aimaient ni le whisky, ni l'eau, ni les femmes. Rien ! Jazz et vin de palme !

Des millions de disques de John Coltrane furent gravés en secret. Jamais l'agriculture tropicale et l'industrie du vin de palme ne connurent un tel essor et jamais le monde n'eut besoin de tant de pédologues et d'agronomes. On traitait partout Sun Râ en roi et jamais son orchestre solaire n'eut tant de travail.

V

Le jour de la fête vint. Pour célébrer le dixième anniversaire de la conquête de la Terre, la Grande Conquête comme l'appelaient les documents officiels, tous les présidents et chefs de gouvernement de la Terre étaient présents dans la capitale du Congo, point de départ de la colonisation. Le chef de l'État de l'Afrique du Sud fut autorisé à assister à la célébration à condition qu'il ne serrât point la main de Sun Râ que tout le monde idolâtrait alors. Malgré ses pleurs et génuflexions, l'interdit resta. Et l'on fit des discours où l'on exaltait le courage, la science, l'intelligence, la sagesse, etc., des conquérants venus de l'Espace sans lesquels la Terre ne serait pas ce qu'elle était aujourd'hui. Le président en exercice de l'Organisation de l'Unité Africaine fit ce grand discours : « Nous sommes, nous terriens, des métis culturels à l'échelle cosmique, essayant d'assimiler le meilleur de deux mondes. D'un côté, l'immense apport intellectuel et scientifique de nos illustres amis conquérants de l'Univers s'éclairant aux soleils de Véga et de Sirius ; de l'autre, la culture terrienne où tout est bâti sur le rythme binaire du jour et de la nuit, une culture de clair de lune (temps de l'amour, du sexe, et d'autres activités non scientifiques) et une culture de clair de soleil (temps de solitude, d'aliénation et d'activités scientifiques). » Et les discours continuèrent ainsi par des capitaines-présidents, des colonels-présidents, des généraux-présidents, des civils-présidents, des présidents-poètes, et même des ministres-poètes. À la fin de la cérémonie, ce fut l'heure des libations. Le chef de la tribu des conquérants rappela en blaguant qu'il existait dans les légendes terriennes un dieu nommé Bacchus qui était le patron des vins ; pour montrer leur respect des traditions terriennes, ils allaient rendre hommage à ce dieu en dégustant la seule chose vraiment agréable qu'ils aient trouvé sur la Terre, le vin de palme. Un délégué terrien se leva aussitôt et dit qu'il existait une autre tradition non moins importante sur la Terre qui consistait à donner un baiser humide dans le cou de son hôte, ce qu'il fit. Le chef des envahisseurs leva son verre et commença à boire. Tout le monde se précipita alors sur les milliards d'hectolitres de vin de palme distribués gratuitement dans le monde. Et ils burent, ils burent, ils burent...

Tout d'un coup, de partout, des maisons, de l'intérieur de la Terre, de l'Espace, éclatèrent les sonorités envoûtantes du saxophone de John Coltrane. Et les créatures de balancer la tête, les yeux comme figés ; bientôt, sur des centaines de kilomètres carrés, il n'y avait que des corps en transes pris dans une gigantesque danse de possession. Même le président des États-Unis ne put y résister ; il claquait des mains et martelait le sol avec ses bottes de cow-boy tout en lançant dans sa langue maternelle « *I've got rythm, man ! And soul !* ». Le président de l'Union des Républiques Socialistes Soviétiques quant à lui, pour ne pas être en reste, faisait de grands pas de danse géorgienne en criant « tovaritch, tovaritch ». Alors Sun Râ mit sa fusée-orchestre en marche. Lorsqu'il atteignit la vitesse de la lumière, tout ce qui n'était pas humain se volatilisa et disparut dans l'Espace*.

Et les hommes se mirent alors à danser entre eux, à s'embrasser, à chanter pour la liberté retrouvée. Et c'est ainsi que Sun Râ fut le premier homme musicien de jazz et noir à devenir président des États-Unis. C'est également ainsi que le

---

* Un accident survenu à cette époque reste encore sans explication aujourd'hui : le délégué de l'Afrique du Sud devint brusquement blanc immaculé puis se volatilisa. Plusieurs hypothèses ont été avancées mais c'est autour des deux questions suivantes que semblent s'orienter les recherches : a) Était-ce l'effet du vin de palme ? b) Était-il étranger à la Terre des hommes ? En attendant une réponse scientifiquement irréfutable, une ligne Verwoerd (cordon sanitaire préventif) a été établie autour de ce pays. Ce cordon existe encore aujourd'hui.

meilleur buveur de vin de palme chaque année est nommé secrétaire général des Nations Unies. C'est ainsi, enfin, que le jazz conquit le monde.

Épilogue : Un an après cette aventure, John Coltrane fut canonisé par le pape sous le nom de Saint Trane. Le premier volet de son œuvre A LOVE SUPREME remplaça le GLORIA dans la messe catholique.

MON MÉTRO FANTÔME

AH SOLEIL ! M'aveugle quand je sors du labo. Belle journée d'été new-yorkais. Arbres, feuilles vertes, moiteur, smog montant le long des verticales des gratte-ciel avant de brouiller l'atmosphère sous le ciel gris. J'ai une envie folle de gambader jusqu'à Central Park mais je n'ai pas le temps. Boulot, métro. Carrefour. Je ne peux traverser car les feux sont verts pour les autos. Des files et des files de voitures me dépassent lentement, sang vivant s'écoulant dans des artères de macadam. Le soleil se reflète sur leur pare-brise et m'éblouit. Ah, si j'avais des lunettes sombres comme une vedette de cinéma. *O.K. kids, hands up !* Le flic est si drôle essayant de régler la circulation avec son bâton. Un grand gaillard d'Irlandais mâchonnant son chewing-gum. Le feu est rouge, je traverse. Guichet. La queue est déjà longue comme d'habitude aux heures de pointe. La vieille dame devant moi sort quelques pièces de monnaie de son sac à main, en laisse tomber une qu'elle regarde tristement aller se perdre sous des pieds. Je souris. Mon tour. Il me rend dix cents et deux jetons sans un sourire. Je riposte en ne disant pas merci. Je prends les escaliers et suis la flèche « Direction Centre ». Plus je descends, plus il fait sombre et je dois m'arrêter plusieurs fois pour que mes yeux s'habituent à la nuit des couloirs. Au loin, le bruit lourd des trains qui roulent on ne sait vers où. J'arrive sur le quai. Trois bancs contre le mur avec deux filles sur l'un d'eux. Évidemment je choisis celui-là et je m'assois près de la plus jolie des deux ; elle ne remarque pas ma présence. Je me déplace et m'assois sur un autre banc, lui lance un regard en diagonale accompagné de mon sourire le plus séduisant. Rien ! Oh et puis… ! De toute façon je n'aime pas les blondes, j'aime les brunes. Je laisse tomber. La station est sale ; bouts de cigarettes, feuilles de journaux, boîtes et bouteilles de bière. Je me retourne et lis sur le mur : « Défense de cracher ». Ça me donne envie de cracher dessus. Une machine à Coca porte l'inscription : « Soyez sociable, prenez un Coca ». La station est de plus en plus bondée maintenant. Une vieille dame sûrement octogénaire est debout devant moi, appuyée sur une canne, fragile et fatiguée. Elle grimace à mon intention un affreux sourire complètement édenté. Je me lève et offre ma place à la jeune et jolie blonde qui est debout à côté de la vieille. J'adore les filles, surtout les blondes. Elle refuse d'abord puis accepte quand même. Ô femme, jamais oui la première fois. *La donna è mobile !* Je laisse mon regard errer sur les murs. Partout des panneaux publicitaires, des graffiti. Je suis myope et ne peux lire de très loin ; je m'approche et en lis un : « Mieux vaut être communiste que marié », ah, ah, ah, drôle ! Je suis fatigué, j'en ai marre, je m'ennuie. Je repars vers mon banc. Je glisse sur un morceau de chewing-gum mâché qui me colle à la semelle et je manque de tomber. Je frotte ma chaussure contre le plancher mais la gomme est toujours là. Dégoûtant. J'arrive au banc. La blonde à qui j'avais offert ma place tout à l'heure me voit arriver ; je souris, elle ne me sourit pas, elle m'a déjà oublié. Ah ! je hais les filles, surtout les blondes. « Eh, bonhomme, me hurle quelqu'un, il va où ce train ? – En enfer », dis-je pour blaguer. Il se fâche et m'injurie. Le salaud. D'ailleurs je m'en fous.

La station est tout à fait bondée maintenant. Il fait chaud, cette chaleur poisseuse de l'été new-yorkais. Je recommence à marcher, les mains dans les poches. Une boîte vide se trouve sur mon chemin.

Je lui donne un grand coup de pied. Elle roule dans un bruit terrible et tombe sur les voies. Au bruit, tout le monde se retourne pour me regarder. On me regarde, on me prête attention : enfin j'existe ! Drôles de types, les uns portant lunettes, les autres pas. Je ne les connais pas et je m'en fiche éperdument. N'empêche que j'aime le peuple, la liberté, la démocratie, le socialisme, la justice, etc., etc. Je vais au distributeur de Coca pour être sociable. Ils continuent à me regarder. J'adore les New-Yorkais, ils sont formidables, je me ferais tuer pour eux. Je prends une pièce de dix cents et je l'introduis dans la fente de l'appareil. Je presse le bouton. Un verre en papier tombe et commence à se remplir de Coca. Merde, le train ! Je me précipite et abandonne ma boisson. Le prochain type sociable aura une boisson gratuite ! Quelque chose de gratuit en Amérique ! Le monde peut être parfois merveilleux pour quelques-uns ! Les portières s'ouvrent. La rame vide semble attirer la cohue. Rush incroyable, impitoyable, coups de pieds, de coudes et de genoux. Ces New-Yorkais, comme je les hais ! Toujours lutter pour une place, pour sa place dans la vie. Les portières se referment. Démarrage. La brusque accélération du train me rejette en arrière et des tas d'autres personnes tombent sur moi. En retrouvant mon équilibre, je me retrouve en face de la blonde de tout à l'heure. Je fronce les sourcils et ne lui souris pas. Je suis projeté contre elle ; j'en profite pour m'écraser autant que possible contre sa poitrine et ses jeunes seins durs. Une autre secousse me rejette en arrière et quand je me redresse il y a une personne entre nous. Ah, il y a toujours quelqu'un ou quelque chose entre soi et ce que l'on désire le plus au monde. C'est la vie, comme disent les Français. Quelqu'un me donne un coup à la tête, un autre m'enfonce les côtes. Ce grand troufion m'écrase les orteils avec sa godasse. Je lui lance un regard où est concentrée toute la colère humaine : il murmure pardon à contrecœur. Le type en face de moi essaie de lire son journal. Quel acrobate ! On le pousse, on le bouscule, on le cogne mais lui, imperturbable, continue à lire son journal. La grosse dame assise dort la bouche ouverte ; elle transpire. Je déteste les grosses femmes surtout lorsqu'elles dorment dans le métro la bouche ouverte. Je suis en train de transpirer moi aussi. Le gars à côté de moi pue. Le monde entier pue. Je tourne mon nez dans la direction opposée. Je suis en face d'un homme au visage féerique. Ça doit être un clown. Ou tout simplement un acteur, un comédien. La sueur coule sur son front, ses joues, sa bouche, fait fondre son maquillage, son rimmel, son rouge, son vert, son blanc. Sa face est bizarrement bigarrée. Où est son vrai visage ? Je ne vois que les longs cils ; les ailes de son nez battent comme s'il manquait d'air. Va-t-il s'asphyxier ? Il me regarde, j'ai peur de son masque. Masque de mort. Il me poursuit. Par pitié, j'aime la vie. Je transpire de plus en plus. Les rails grincent, les lumières s'éteignent, s'allument, s'éteignent. Le Masque continue à me regarder comme s'il voulait me prendre, m'absorber dans son néant. J'essaie de fermer les yeux, non, ne me regarde pas. Le train roule, j'ai peur, c'est un train express, un métro fantôme, il ne s'arrête pas, il ne s'arrête pas, il continue à descendre de cercle en cercle, à rouler, à rouler, à rouler...

A LOVE SUPREME

In memoriam J. C. 1926-1967
« Jazz-Listen to it at your own risk »
Bob Kaufman

I

Lorsque je rencontrai Splivie ce matin-là, il avait les cheveux ébouriffés, les yeux rouges et son regard hagard se posait indifféremment sur les êtres et les choses ; il était comme un homme qui n'avait pas dormi de toute la nuit et qui, le matin, avait oublié de faire sa toilette. Je savais qu'il buvait parfois depuis qu'il avait abandonné la drogue – depuis qu'il s'était régénéré, comme il se plaisait à le dire – mais c'était un type qui avait le vin gai, expansif ; pour savoir s'il avait pris un verre, il suffisait d'entendre son gros rire qui commençait comme une note basse de saxophone alto, allait crescendo pour s'épanouir en une cascade de notes aiguës et mourir dans un claquement sec de mains. Non vraiment, Splivie n'avait pas bu. Il marchait tête baissée, comme un automate, et paraissait fragile, perdu dans cette foule new-yorkaise à la recherche de son fric quotidien. S'était-il remis à la drogue ?

J'allai au-devant de lui, essayant tant bien que mal de me frayer un passage. Je crus qu'il m'avait vu lorsque je parvins enfin à l'arrêter, mais en fait son regard se posa sur moi, comme ça, puis glissa, alla se promener ailleurs. J'insistai, le saisis par les deux épaules, le secouai, cherchai ses yeux. Mais non, il ne me reconnaissait pas et… il avait des larmes aux yeux ! Splivie pleurait ! Croyez-moi, il n'y a rien de plus triste que de voir un homme pleurer, surtout Splivie. C'était la première fois que je le voyais ainsi, moi qui le connaissais depuis des années. Je l'ai vu dans ces moments durs des années soixante où la vie en Amérique était difficilement supportable pour des individus de notre race ; je l'ai connu pendant les émeutes de Newark où nous avions été piégés par la police qui tirait sur tout Noir qui bougeait, et où, pour éviter tout malentendu, nous étions couchés sur le macadam sale et brûlant d'été, immobiles, respirant les gaz délétères de cette cité cruelle, écoutant nos cœurs battre de peur et sentant nos nuques fondre au soleil ; nous n'osions même pas bouger un cil afin de ne pas donner un prétexte à ces policiers blancs à gueule de conquistador qui n'en cherchaient qu'un pour nous massacrer ; j'étais présent quand Splivie arriva chez lui pour trouver sa maison démolie, son jeune frère assassiné gisant dans une mare de sang. Pendant tous ces moments-là, je ne l'avais jamais vu pleurer ni même vraiment être triste. Son visage n'était qu'indifférence : il semblait qu'il n'y eut qu'une chose qu'il pouvait exprimer, la joie. La joie, le bonheur, et parfois l'extase quand il écoutait la musique. Indifférence ou joie, voilà les deux seules choses que le visage de Splivie était capable d'extérioriser. Jamais la tristesse. Quant à pleurer…

Je secouai Splivie plus énergiquement encore. Il réalisa certainement qu'il se passait quelque chose puisque la lueur de ses yeux changea un peu, et ses lèvres, que je n'avais pas remarquées jusque-là, cessèrent de s'agiter. Il voulut détacher son regard de moi, mais je le secouai encore et enfin, une lueur de surprise apparut : il m'avait reconnu. Les larmes redoublèrent et il balbutia sans vraiment s'en rendre compte :

– J. C. est mort.

Je tombe, je sombre, je m'enfonce, je me noie, de l'air par pitié, j'étouffe, j'émerge, je surnage, je sens des bras qui me tiennent, mon cœur fait un bruit d'enfer…

Je réussis enfin à me tenir sur mes jambes ; des faces inconnues me dévisageaient curieusement avant de continuer leur chemin, tandis que Splivie, le regard toujours hagard, me soutenait. Mais que se passait-il ? Que faisais-je ici ? Brusquement je me souvins. Mon cœur fit encore un saut violent et douloureux dans ma poitrine, je me courbais un peu.

– C'est pas vrai, Splivie, dis-moi que ce n'est pas vrai.

– Si, si. J. C. est mort.

Et il me lâcha pour continuer son chemin, ses lèvres toujours s'agitant. Ce fut mon tour d'être perdu. Je ne savais plus où j'allais, d'où je venais ; je décidai de rentrer chez moi. Je marchais comme un zombi, craignant d'étouffer à chaque pas, dans cette atmosphère humide, chaude et poisseuse du juillet new-yorkais. J'arrivai chez moi épuisé, et le spectacle n'était pas ragoûtant non plus. Il faut vous dire qu'hier, dimanche, avait été mon anniversaire et que depuis, je n'avais pas eu le temps de nettoyer mon studio. Çà et là traînaient des boîtes de bière, des mégots de cigarettes, de tabac et de marijuana, des bouts de sandwichs non terminés et déjà quelques fourmis et mouches, ces grosses mouches laides de New York. J'allai directement dans ma chambre à coucher : même Nancy n'avait pas eu le temps de ranger ses effets. Son soutien-gorge et sa culotte étaient jetés en vrac sur le lit ; sur ma table de lecture, près du lit, traînaient la croix d'Agadès que je lui avais ramenée d'Afrique et sa boîte de pilules. Je jetai tout par terre, et

hésitai un moment sur ce que j'allais faire. Me
soûler avec le fond de bourbon qui me restait ?
Non, me dis-je, le réveil est toujours dur, autant me
défoncer avec du L.S.D., ce dont j'ai horreur. Je
m'allongeai sur le lit.

II

L'ESPRIT humain est ainsi fait que, confronté à des
choses qui le dépassent, il cherche toujours un petit
fil auquel se raccrocher. Or, ce à quoi je croyais
était justement ce qui venait de disparaître. Depuis
que j'avais perdu la foi en Dieu, j'avais traîné mon
esprit un peu partout pour trouver la voie qui me
mènerait à la connaissance, à la signification des
choses. C'est ainsi que j'ai découvert la musique ;
non, pas vraiment, on ne découvre pas la musique
chez nous, on naît avec. Mais je veux dire que grâce
à J. C., la musique était devenue autre chose, un
moyen, un médium ; elle était une passion, elle
avait un sens.

Quand j'arrivai de mon Afrique natale, je ne
connaissais que vaguement la musique classique
d'Armstrong, d'Ellington ou encore de Bessie
Smith et Scott Joplin entre autres. Je l'aimais bien
d'ailleurs et j'avais même quelques disques. Je trouvais cette musique émouvante parce que nostal-
gique, et chaque fois que j'écoutais ces vieux mor-
ceaux, inévitablement, se dessinaient dans ma
mémoire les grandes plantations de coton, les
bateaux à aubes qui remontaient le Mississippi,

Saint-Louis, Kansas City, Chicago et enfin Harlem, New York. Quand j'avais le cafard, je me plongeais dans l'âme profonde et douloureuse de Billie Holliday ou de Ma Rainey. À l'inverse, je sautillais sur les rythmes gaillards et égrillards de Fats Waller ou de Willie Smith le lion. En fait, pour moi, cette musique était un peu un musée où je retrouvais une partie de l'histoire de notre peuple, mais aussi une impasse. Et Charlie Parker, me direz-vous ? Eh bien, tout simplement, je ne le connaissais pas ; ce ne sera que plus tard, grâce d'ailleurs à J. C., que je le découvrirai ; cela a plutôt été dommage car, habitué aux nouvelles frontières que J. C. franchissait à chaque nouveau disque, je n'ai jamais été capable d'apprécier pleinement la révolution que réalisa Bird.

C'est alors que je rencontrai Splivie. Peu importe quand, où et comment, car c'est de J. C. qu'il s'agit aujourd'hui et non pas de Splivie. Peu après, je quittai le New Jersey où j'habitais pour m'installer à New York même, à Greenwich Village. Comme le temps passe vite ! Il y avait cinq ans déjà, qu'un soir où, n'ayant rien à faire, nous avions décidé d'aller au Village Gate pour écouter et découvrir un peu cette « New Thing » dont on parlait un peu partout...

Je commençais à m'assoupir malgré la chaleur incommode lorsque la porte s'ouvrit. C'était sûrement Nancy qui rentrait. Je l'entendis fourrager dans le réfrigérateur, elle prit une bouteille de Coca, la décapsula ; elle s'était mise à l'aise, elle n'avait gardé que son slip quand elle entra dans la chambre à coucher... Qu'elle était belle, Nancy ! Je ne la décrirai pas afin de ne pas retomber dans les éternels clichés qu'on emploie chaque fois que l'on parle de jolies femmes. Mais elle avait une chose de plus que toutes les jolies femmes du monde, son nom était pour moi inextricablement lié à celui de J. C. ; nos doigts se sont effleurés pour la première fois en écoutant ce dernier jouer au saxophone tenor *In a sentimental mood* avec Duke au piano ; à la fin du disque nous nous embrassions. Depuis, nous ne nous sommes plus quittés et nous dépensons nos sous à la recherche des disques rares du musicien qui nous a unis.

– Nancy !

Elle s'arrêta, surprise de me voir couché.

– Mais qu'est-ce que tu fais là à cette heure-ci ? T'es malade ?

– Non... plutôt si, ça m'a rendu malade !

– Qu'est-ce qui t'a rendu malade ?

– Nancy, J. C. est mort.

Comme un film au ralenti, elle s'affaissa sur le tapis et s'évanouit. Je sautai du lit affolé, mais elle revint à elle assez vite et se mit immédiatement en colère :

– J. C. est mort et tu es là à ne rien foutre ! Tu es là couché comme un bon à rien !

Elle balança le verre de Coca-Cola contre le mur tout en continuant à m'engueuler, à crier. Je ne voyais vraiment pas ce que j'avais fait. Elle criait, faisait tomber tout ce qu'elle touchait, puis elle se mit à fumer cigarette sur cigarette sans s'occuper de moi. Enfin elle se calma, s'assit et se mit à pleurer.

Je téléphonai à Washington à Michel Fiator, un copain du Dahomey, mais sa femme me dit qu'il n'était pas là. J'essayai de joindre Archie Shepp qui était en France, mais on me dit qu'il était au festival de Châteauvallon ; j'essayai en dernier ressort de joindre le poète Imamu Baraka, mais il avait quitté Newark la veille pour une série de conférences et de lectures en Californie. Il était également trop tôt pour contacter les gens que je connaissais à New York, ils étaient encore au boulot. Alors j'étais seul avec Nancy, nous étions seuls. Je sortis tout ce que nous possédions comme alcool et je me mis à passer tous les disques que nous avions de J. C. Nous écoutions. Nous écoutions ? Non, nous étions la musique et cette musique était J. C. Nous vidâmes le bourbon qui restait et je me mis au gin. J'étais éméché, mais lucide. Je buvais cette musique tandis que Nancy, la tête entre mes cuisses, s'était assoupie. J. C. !

III

Ah ! J. C. ! J'étais avec Splivie quand je l'ai écouté pour la première fois au Village Gate. Je ne sais plus ce qu'il avait joué mais ç'avait été long, très long, si bien qu'à la fin du morceau, la salle était presque vide. Le reste des spectateurs applaudit mollement, et encore ! Quelqu'un dans la salle cria : « Ça t'apprendra, j'espère que la prochaine fois tu seras moins long ! » J. C. était écœuré. Il rangea son saxophone et s'apprêta à partir. Il était si seul, si triste ! Nous décidâmes d'aller lui exprimer notre sympathie et je ne sais trop comment nous nous retrouvâmes tous les trois chez moi ; ce n'était pas bien loin, j'habitais Bleecker Street, presque en face du Village Gate. Nous nous assîmes, j'offris de la bière car je n'avais rien d'autre.

– J'aime beaucoup votre musique, dis-je, et il ne faut surtout pas que ce qui s'est passé ce soir vous décourage.

– Oh – il rit – si je me décourageais vite, je serais déjà retourné chez Miles. Mais comment expliquer aux gens ? Tout ce qui est vivant évolue, nom de Dieu ! Les gens doivent comprendre que je change, que je cherche autre chose que ce que je jouais il y a six mois, il y a trois mois.

– Vous étiez excellent dans le quintette de Miles, dit Splivie.

Cela sembla agacer J. C.

– Mais cessez de me fixer, de me figer ! Je suis un artiste, un créateur, je dois toujours chercher plus loin ; évoluer, vivre, vous comprenez ? Si j'ai créé mon propre groupe, c'est que ce que je faisais avant et ailleurs ne me suffisait plus.

Splivie essaya de se rattraper :

– Le public, en fait, n'aime que ce qui lui est familier ou du moins n'aime que ce qu'il comprend.

– Foin du public, dis-je, jouez ce qui vous satisfait.

– Voyez-vous, mon problème est que je ne suis pas encore satisfait de ce que je fais et alors le public est encore moins satisfait que moi. Sais-je même dans quelle direction il faut aller ? Ce n'est donc pas entièrement de sa faute ; c'est sûrement de ma faute aussi.

Il se tut un moment, puis il se parla à lui-même :

– Sans le public je ne suis rien car ma musique est une musique populaire. Je veux bien prendre en considération le goût du public si lui de son côté me laisse chercher ce qui me satisfait... Ah, c'est bien difficile tout cela.

– Peut-être serait-il plus sage de jouer au public ce qui lui plaît, dis-je, et jouer ce qui vous plaît quand vous êtes seul ; après une séance, par exemple.

– Non, non ! dit-il vigoureusement. Ce serait hypocrite. Un musicien, un créateur doit donner ce qu'il ressent profondément, véritablement. – Sa voix était devenue chaude, passionnée – il y a trop de faux dans ce monde, trop de frelaté. Les relations entre les hommes sont si fausses, l'argent gâche tout, la sincérité n'est pas conseillée pour qui veut devenir riche ou puissant ; alors il nous reste, du moins à moi, il me reste l'art, la musique. C'est la seule chose qui compte pour moi. Luttons au moins pour qu'elle reste pure.

Sa voix vibrait ; il me faisait un peu peur alors car je le pris pour un illuminé. Ah ! J. C. ! Ce n'est que plus tard que je devais comprendre comme il est difficile à un musicien d'exprimer ce qu'il ressent avec des mots. Nous bûmes ensuite en silence. Puis à mon désespoir, Splivie dit :

– Peut-être que le public vous apprécierait plus si vos solos étaient un peu plus courts.

Mais contrairement à ce que je pensais, cela ne chagrina pas J. C. ; il répondit très simplement :

– J'y ai pensé, voyez-vous, mais je ne peux pas. Il me faut au moins un quart d'heure pour démarrer, pour me sentir prêt à exprimer ce que je veux exprimer et il me faut encore un quart d'heure pour m'arrêter. Alors je ne comprends pas ce qu'ils veulent dire en prétendant que mes solos sont trop longs. C'est comme si on me disait que le saxophone est un instrument à cordes, ça n'a aucun sens.

– Il faut quand même avoir beaucoup de courage pour revenir jour après jour jouer devant un auditoire hostile ou du moins indifférent comme celui de ce soir.

Il ne me répondit pas tout de suite, mais un sourire fugitif passa sur son visage. Il vida sa canette de bière :

– Vous croyez qu'il était hostile ce soir ? Eh bien, vous n'avez rien vu. Je me souviens toujours de cette jam-session au Birdland. Je me « sentais » vraiment ce soir-là ; j'étais vraiment « parti », je soufflais, soufflais, il me semblait voir les sons qui sortaient de mon saxophone, je vibrais avec eux ! – Il était debout maintenant et mimait son jeu – Lorsque finalement j'arrivais à la fin de mon solo, je donnais le signal du chorus : rien, pas un son ! Tous les musiciens avaient quitté la scène, écœurés, paraît-il. J'étais seul, tout seul, et je me sentis tout à coup nu, vulnérable sous les lazzis de la salle. Ce qui m'acheva, c'est lorsque j'entendis l'un des musiciens que j'admirais le plus crier devant tout le monde : « Si c'est du jazz que ce type-là est en train de jouer, je me demande ce que j'ai joué jusqu'ici. » Cela me tua complètement. Je quittai la scène pendant près d'un an.

Personne ne parla plus ; nous sirotions en silence. J. C. reprit parlant à lui-même :

— Non, je n'abandonnerai pas ! Il faut que je parvienne à donner à l'auditeur, que je lui fasse entendre, voir toutes ces merveilleuses choses qu'un musicien comme moi sent dans l'univers. Il faut leur faire sentir l'amour du monde, un amour suprême !

Sa voix vibrait de nouveau, ses yeux brillaient. J'eus encore l'impression d'être en face d'un illuminé. Il se tourna vers moi, passionné :

— Vous me comprenez, n'est-ce pas ? Vous savez ce que je cherche... La drogue tue, l'alcool avilit. Les femmes ? Passons. Que me reste-t-il ? La musique. Vous comprenez ? Ce n'est que ça qui puisse me sauver et peut-être aider à sauver les autres. Le but de ma méditation par le moyen de la musique est de m'ouvrir à Dieu, c'est-à-dire à tout, à l'amour du monde, des hommes, m'ouvrir au soleil, aux vibrations, à l'énergie cosmique. Cela me permettra alors d'élever les gens, de les inspirer pour qu'ils puissent atteindre à leur capacité de vivre une vie ayant un sens. Car voyez-vous, il y a certainement un sens à la vie !

Il lança cette dernière phrase comme un défi à je ne sais qui. À l'univers, peut-être. Et il nous planta là, J. C. Sans dire au revoir, il claqua la porte.

Il ne donna pas de concert pendant six mois et nous ne le vîmes plus. C'est à cette époque-là que je connus Nancy et que nous commençâmes la chasse à tous ses disques. En fait, il n'était pas inconnu comme il s'était plu à nous le faire croire car il avait gravé un disque avec Ellington, sans compter bien sûr les disques avec Miles et avec beaucoup d'autres grands musiciens classiques tels Johnny Hodges, Theolonius Monk, etc. Mais, pour lui, cela ne comptait pas, c'était le passé. Pour lui, la musique, comme tout art vivant, ne devait cesser de se dépasser, de se surpasser. Il pensait qu'il existait une relation profonde entre la musique et le reste de l'univers, un peu le genre de relation entre matière et énergie dans la physique einsteinienne. Alors il allait toujours de l'avant, laissant derrière lui tous ces musiciens à qui il manquait une foi, et encore plus loin derrière les auditeurs calfeutrés dans leurs habitudes et leurs clichés...

IV

ET PUIS J. C. revint ! Ah, croyez-moi, aussi longtemps que durera encore ma vie sur cette terre, je
ne l'oublierai jamais. C'est par la radio que nous
apprîmes, tout à fait par hasard, qu'il allait donner
un concert ce soir-là. Nancy téléphona à Splivie
pour lui demander s'il était au courant ; il ne l'était
pas. Je téléphonai à mon ami de Washington pour
lui demander de prendre l'avion dans la soirée,
mais encore une fois, sa femme, Joan, me dit qu'il
n'était pas là, il était en mission en Éthiopie. Nous
réservâmes donc quatre places, pour Nancy,
Splivie, Muriel et moi. Muriel était très belle, vraiment ce qu'on appelait la beauté noire ; je l'avais
d'ailleurs surnommée Angelica – petit ange – à
cause d'un morceau du même nom qu'elle aimait
beaucoup dans l'interprétation de J. C. avec Duke
au piano. J'ai d'ailleurs toujours été amoureux
d'elle ; avec ses longs cheveux afro et ses lunettes,
elle ressemblait un peu à l'Angela Davis des années
soixante ; je n'ai jamais vraiment su lui parler et
encore moins lui faire la cour. Dire que c'est moi
qui l'ai présentée à Splivie !

Notre table se situait près du plateau des musiciens et nous buvions – il était obligatoire de consommer – en attendant leur arrivée : ils ne tardèrent pas. Nous applaudîmes bruyamment et J. C. regarda vers nous. Je ne sais pas s'il nous reconnut, mais j'avais l'impression que son regard nous disait : patience, les amis, vous allez entendre quelque chose ! En général, dans ces boîtes de jazz que nous fréquentions en Amérique, le silence n'était pas de rigueur. On crie, on tape des pieds, on bat des mains, on parle, on boit, on fume avec la musique et les musiciens. C'est ce qui se passait ce soir-là lorsque le morceau commença, malgré l'émotion que nous avions à retrouver J. C. Mais petit à petit, faiblement d'abord, enflant, gonflant, surgissant et submergeant tout comme un torrent, le saxophone de J. C. émergea du chorus. Je vous assure, la salle brusquement se tut et ce fut le silence absolu ; le barman s'arrêta à mi-chemin, tenant dans sa main le verre commandé par un client ; un auditeur s'arrêta, une main sur la poignée de la porte des W.-C. ; tout n'était plus que mouvements figés, phrases interrompues et silences pleins d'attention et de tension. J. C. était là au milieu de son quartet comme un grand prêtre illuminé. Les sons, les phrases, les harmonies, les passions, les cris s'envolaient de ce saxophone, inépuisables comme une mer en furie se jette contre des rochers. Notes courant les unes après les autres, se rattrapant, se mélangeant et se dépassant, si bien qu'on avait l'impression d'écouter des grappes de sons glissant les unes contre les autres, quanta sonores échappés d'un noyau intérieur en fusion ! Harmoniques incessamment reprises presque simultanément sur divers tons, comme s'il jouait deux, trois saxophones sur des octaves parallèles ! La ferveur monta, monta, devint si intense, si captivante qu'on ne distinguait plus les mouvements de ses doigts tant ils montaient et descendaient les gammes de l'instrument à une vitesse que l'on aurait cru plus rapide que la lumière ; cette ferveur transforma l'homme et la musique confondus dans un tourbillon de sons à l'état pur : une nébuleuse qui éclate dans l'univers, hors du temps des horloges des hommes, dans un univers où toutes choses sont passionnées et brû-lantes, où tout n'est qu'essence, une étoile qui éclate donnant mille petits feux, mille petits soleils. Nous n'existions plus ; nous aussi, nous faisions le voyage avec le Maître, le sorcier : grande fête païenne, festin dionisiaque, enfer et damnation, soufre et sel, l'amour, le salut. Le Maître nous avait atteints et transpercés. Nous baignions dans un monde d'amour suprême sublimé. « *A love supreme* », criait-il. Il reprit la phrase dans tous les sens, dans toutes les combinaisons possibles de son saxophone ténor et ô surprise, l'instrument n'en put plus, il se trouva dépassé. J. C. le rejeta de côté et trouva aussitôt un autre médium : une voix

humaine extasiée, extatique, qui reprenait monoto-
nement, inlassablement, la même phrase comme si
pour le musicien s'étaient réalisées ces paroles de
la Bhagavad Gîtâ : « Regarde à présent unifié en
mon corps l'univers entier – tout ce qui se meut et
ne se meut. » Nous étions épuisés, le cœur ouvert,
mis à nu par cette sorte de rasoir sonique. J. C. se
tut. Je haletais ; la respiration saccadée, Muriel
pleurait : de grosses larmes rondes, luisantes et
cristallines qui roulaient le long de ses joues ; elle
souriait en même temps. Nancy quant à elle avait
le visage complètement inexpressif, seuls ses
grands yeux semblaient ouverts sur un monde invisible pour nous. Personne ne pensait à applaudir.
Le silence continuait... lorsque soudain on
entendit un gros rire commençant comme une
note basse de saxophone alto, qui alla crescendo
en une série de notes aiguës, et s'écrasa dans un
claquement de mains. Splivie, j'avais oublié
Splivie ! Il était ivre, ivre de musique et de joie. Ce
fut le signal, tout le monde se mit à applaudir, à
bavarder. Le barman soudain confus se précipita
vers son client ; brouhaha, bruits divers. J. C.
s'inclina une fois encore sous les applaudisse-
ments, puis quitta le plateau.

Il est commun de dire que rien n'attire autant le
succès que le succès. Nous eûmes beaucoup de mal
à l'approcher ce soir-là, tant tout le monde voulait
le voir, lui parler et même lui demander des auto-

graphes. Mais J. C. ne nous avait pas oubliés, il nous reconnut aussitôt ; il nous considérait un peu comme ses amis de la première heure, ceux qui n'avaient pas attendu pour voler au secours du succès. C'est avec nous qu'il vint ce soir-là. Ce n'était pas le J. C. que nous avions connu. Il rayonnait, il était heureux. Pas de cette joie qui vous pousse à crier, à chanter sous la pluie, que sais-je encore, mais une joie intérieure comme un feu qui le brûlait – j'allais dire, qui le consumait – et qui rendait son visage pyrophane. Nous nous installâmes dans un bar que je connaissais dans le Lower Cast End de Manhattan, pas loin de Slug's, autre boîte de jazz que nous avions l'habitude de hanter. Je lui présentai les filles, elles lui plaisaient bien.

– J. C., ce que tu as joué ce soir est un chef-d'œuvre ; je le dis sérieusement, c'est ta meilleure œuvre. Tu as enfin trouvé, n'est-ce pas ? dis-je, content.

Il sourit.

– Oui, peut-être aussi parce que j'ai compris.

Le serveur vint nous interrompre. J. C. ne demanda qu'un jus de fruits. Je fus un peu surpris car je me souvenais de la quantité d'alcool qu'il avait consommée chez moi, l'autre soir. Nous parlâmes de musique, de bonheur. Nous le félicitâmes encore. Bien qu'heureux, il était un peu gêné par notre enthousiasme. Muriel, qui jusque-là ne faisait que nous écouter, lui demanda :

– Tu as dit tout à l'heure que tu avais peut-être trouvé parce que tu as compris. Qu'as-tu compris ?

– Ta musique a été belle comme Muriel ce soir, dis-je pour la taquiner.

Elle me tira la langue et se tourna vers J. C. qui lui répondait.

– Si je n'ai pas joué pendant près de six mois, c'était pour réfléchir sur mon art, sur mon échec. Pas seulement envers le public, mais échec aussi envers moi-même car je n'étais pas satisfait de ce que je faisais. J'ai beaucoup réfléchi depuis, j'ai écouté et j'ai beaucoup lu aussi.

– Mais qu'est-ce que tu as compris ? insista Muriel.

– Qu'il y avait trop de distance entre ma musique et moi ! Tenez, je vais vous raconter une fable orientale qui m'a mis sur la voie. C'est un derviche soufiste qui la raconte. Un jour, un homme est allé à la porte de sa bien-aimée et a frappé. Une voix demanda : « Qui est là ? » Il répondit : « C'est moi. » La voix répondit : « Il n'y a pas assez de place pour toi et pour moi. » La porte resta fermée et il s'en alla malheureux car sa bien-aimée avait refusé de le recevoir. Après une année de solitude, de privations et de réflexion, l'homme revint chez la bien-aimée. Il frappa. « Qui est là ? » demanda une voix. « C'est toi », répondit-il. Elle lui ouvrit la porte aussitôt.

Nous écoutâmes le conte en silence ; il me rappelait un peu les paraboles et proverbes africains que racontaient les vieux dans les villages.

– Que vas-tu faire maintenant que tu as trouvé ? lui demanda Nancy.

– Oh ! pardon, je n'ai pas encore trouvé ce que je cherche. Le trouverai-je jamais ? J'en aperçois peut-être la direction. C'est déjà un début. C'est pour cela que je suis si heureux ce soir. Je voudrais être si proche de ma musique, qu'elle soit moi, c'est cela la sainteté. Et que je meure avec elle, de préférence en pleine scène, au moment précis où je la sens comme je l'ai sentie ce soir.

Il se tut un instant, puis avec cette modestie qui ne le quittait jamais, il ajouta :

– De toute façon, je ne serais pas le premier à mourir sur scène, n'est-ce pas ?

Nous discutâmes et bûmes jusqu'à la fermeture du bar.

Je devais revoir J. C. une fois encore, mais je ne me doutais pas que ce serait la dernière. Ah ! si j'avais su ! La vie n'est-elle vivable que quand nous ne connaissons pas l'avenir ? Mais revenons à cette dernière rencontre. Il faudrait d'abord bien comprendre ce que J. C. et la musique signifiaient désormais pour moi et mes amis. Le jazz était la chose, le lieu, la galaxie autour de laquelle s'organisait notre vie, et au centre de cette galaxie se trouvait comme un soleil, J. C. Les samedis soirs, désargentés et sans moyens, nous offrions notre force de travail à quelques restaurants, vers les vingt-deux heures, lorsque l'afflux des spectateurs sortant du théâtre ou du cinéma obligeait les restaurateurs à faire appel à nos bras pour suppléer aux machines à laver la vaisselle dépassées par le rythme des services. Dès qu'on nous payait, nous effectuions ce que nous appelions dans notre argot le « bar hopping », la tournée des bistrots, pour ramasser un à un les copains qui nous attendaient chacun dans son établissement de prédilection. Alors, oiseaux nocturnes, la tête pleine de lumières et de rêves, avec ou sans filles, nous nous plongions dans les nuits sonores et initiatiques des boîtes de jazz new-yorkaises jusqu'à ce que les blancheurs de l'aube dominicale nous en chassent. Plus tard, lorsque nous devînmes des militants politiques partisans du Black Power et compagnons de route des Panthères Noires, cette musique devait prendre pour nous un sens nouveau, elle devait devenir l'avant-garde artistique de notre combat. Aujourd'hui, je reconnais que nous exploitions un peu J. C. à son corps défendant, nous tirions la couverture vers nous, nous attribuions un sens politique à sa merveilleuse musique ; nous l'avions même surnommé le Malcolm X du jazz. Mais cela ne semblait pas l'avoir gêné puisqu'il n'avait pas protesté une seule fois de l'usage abusif que nous faisions de lui. Ou alors, plus lucide que nous, savait-il que sa musique était pure en elle-même, comme on dit qu'un cristal est pur, que nos petites péripéties politiques n'avaient aucune conséquence artistique et n'en altéreraient en rien l'essence ? Ah ! J. C., tu étais plus sincère que nous, tu avais une foi désintéressée ; la nôtre, l'était-elle ? Que voulions-nous dire vraiment, dans la turbulence de ces années soixante, quand nous parlions de libérer l'homme noir, de cesser l'exploitation de l'homme par l'homme ? Ces mots, ces cris grandiloquents et usés jetés à la face du monde, avaient-ils vraiment une signification concrète ? Mais toi, quand tu nous disais que ta musique était une source de vie, un moyen d'élever les hommes pour qu'ils réalisent ce qu'ils souhaitent dans la vie, ce n'étaient pas des clauses de rhétorique. La preuve ? Toi qui buvais tant avant, toi qui as goûté à toutes les drogues de ce monde, à toutes les femmes, elle t'a permis d'abandonner la boisson et les stupéfiants ; ta musique te suffisait, trop même car tu étais devenu un peu ascète, mystique même quand tu parlais de ce voyage que tu voulais faire en Afrique, à la Source. Soupçonnais-tu que l'Art ne pouvait remplacer une vraie révolution politique et sociale ? Que contrairement à la politique qui ne vit que de foules à manipuler, le salut par la voie de l'Art est une affaire individuelle, un peu comme on entre seul dans la vie et que l'on en sort tout aussi seul ? En tout cas tu n'as jamais rien imposé à personne comme nous le faisions. Mais, J. C., en dépit de toi, en dépit du fait que nous t'ayons récupéré, ta musique nous a aidés, elle a aidé notre peuple car à travers elle, il a acquis cette nouvelle sensibilité, elle lui a révélé cette nouvelle appréhension du monde qui couvait en lui. Tu ne pouvais savoir à quel point nous avions été bouleversés par ce petit chef-d'œuvre de deux minutes vingt secondes, *Alabama*, que tu avais consacré à ces quatre petites filles noires tuées dans une église de Birmingham par l'explosion d'une bombe criminelle ! Ah, J. C., ces deux minutes vingt de colère dominée et de tristesse retenue qui débouchent néanmoins sur l'espoir, surgissant brusquement du fond de ta douleur rentrée pour triompher en ces notes aiguës de saxophone ténor qui s'envolent vers les cieux ! Dans ces années soixante, j'ai vu les meilleurs camarades de ma génération aller au sacrifice, se faire massacrer pour des idées auxquelles ils tenaient : crois-moi, J. C., ta musique soutenait leur foi. C'est là le triomphe de l'artiste sur les militants politiques, il ne cherche pas à persuader ni à faire le bonheur des gens, parfois même contre eux ; il laisse à chaque individu le plaisir de se découvrir et découvrir en même temps que lui ces choses merveilleuses et extraordinaires qui doivent exister quelque part dans l'univers…

Notre dernière rencontre ? Non, je n'en parlerai pas, c'était trop triste ; un J. C. abattu, expulsé de son appartement, sans argent ; émeutes, le frère de Splivie tué. Non vraiment, pas la peine d'en parler.

V

J. C. ÉTAIT mort. Nous écoutâmes longtemps les disques que nous possédions de lui ; nous sentions plus encore l'amour volcanique, pour ne pas dire cataclysmique, qui s'échappait de l'instrument de cet incroyable musicien. Nancy se leva alors et brancha la radio pour les nouvelles du soir. Et bien sûr, on parlait de la mort de J. C. Une nécrologie médiocre et passe-partout comme sont toutes les nécrologies d'hommes célèbres. On parlait du grand musicien, de ses merveilleux concerts, on disait qu'il comptait parmi les plus grands, etc., etc. Mais ils ne parlèrent pas du J. C. que nous avions connu, cet homme désespéré, rejeté par les auditeurs et les maisons de disques, qui traînait sa carcasse famélique dans les rues de New York tout en essayant de nourrir cette musique qui couvait en lui ; du J. C. heureux qui croyait avoir trouvé la voie, sa voie ; enfin de cet homme éprouvé, expulsé par son concierge, et essayant entre deux émeutes de trouver un logement... « Nous terminerons notre hommage à ce géant du jazz en passant pour vous un morceau inédit, tiré du disque qu'il a enregistré en février dernier, et qui, hélas, ne paraîtra qu'à titre posthume... »

Je sursautai. Un disque que je ne connaissais pas ! Je n'eus pas le temps de brancher mon magnétophone ; Nancy quant à elle était déjà figée près du tuner. Nous écoutions. Ciel ! J. C. ! C'était bien là sa manière de sortir du chorus, lentement, enflant, gonflant puis débordant la section rythmique, mais c'était aussi un J. C. tout à fait différent. Au lieu de s'échapper vers l'univers en un cri d'allégresse, en un souffle brûlant, cette musique était au contraire sereine ; elle n'avait plus cette célérité fulgurante, cette énergie que nous lui connaissions. J. C. semblait procéder à un mouvement inverse, descendant de plus en plus vers les profondeurs de son être, sans que cependant ne soient totalement masquées ces forces qui sous-tendent toute sa musique. On avait l'impression d'être en face d'un homme déçu par ce qu'il a trouvé – ou n'a pu trouver. À ce point-là, il semblait avoir tiré tout ce que l'on pouvait tirer d'un saxophone ténor ; et c'est presque sans surprise que nous l'entendîmes pour la première fois essayer de jouer de la flûte à la fin du disque.

Ainsi c'était là le dernier message de J. C., l'expression profonde de ce qu'il ressentait pendant les derniers mois de sa vie.

Tout à coup j'eus envie d'écrire quelque chose. Je pris une feuille de papier et griffonnai :

When the time comes

et puis plus rien. Il fallait que je trouve quelque chose, que j'écrive quelques mots qui puissent marquer cette journée pour moi. Hélas, rien ne vint. Le téléphone sonna. C'était Ornette Coleman qui m'indiquait que le corps de J. C. serait exposé à l'église Saint-Pierre, au coin de la 54e Rue et de Lexington Avenue et me demandait de dire à tous mes copains musiciens d'y venir. D'autre part, il avait appris que Ravi Shankar était à San Francisco ; il essayerait de le joindre pour voir s'il pouvait faire le déplacement. Il me demanda également de téléphoner voir si le poète Ted Joans était rentré de Paris. Il m'apprit enfin que la cérémonie funèbre serait un concert de jazz, une sorte de jam-session. Quelle belle idée ! Si je meurs, je voudrais que l'on joue du jazz pour moi ou alors, que quelqu'un ait la gentillesse de passer pendant ma veillée funèbre le disque *A love supreme*. Je revins à ma feuille de papier. Mais pourquoi m'obstinais-je à vouloir écrire quelque chose ? Était-ce pour donner une signification à cette mort ? C'était idiot de chercher un sens à la mort. J. C. disait qu'il y avait un sens à la vie, mais pas à la mort : l'avait-il trouvé ? Naître, manger, grandir, faire l'amour, combattre, chercher... puis mourir ! J. C. était mort, lui qui avait frôlé la perfection, lui qui avait entrevu, l'espace d'une note, d'une sonorité, l'absolu qu'il avait traqué peut-être en vain dans la Bhagavad Gîtâ ! Quel en était le sens ? Peut-être qu'après tout nous

nous compliquions trop les choses. Et si le sens de la vie était la vie elle-même, et l'essentiel, de la vivre ? Je n'en pouvais plus de tourner toutes ces questions dans ma tête. J'étouffais ! Je fis couler l'eau du robinet sur ma nuque longtemps, puis je m'essuyai ; Nancy était toujours prostrée dans son fauteuil. J'étais très calme tout d'un coup. Je repris ma feuille de papier et écrivis d'un trait :

When the time comes,
may he rise again in the glory
of his luminous sound
to be the teacher of us all
and let his supreme vibrations show the way
to us,
the living.
and may his people for whom he sang
rise up with him...

Non, je rayai les deux derniers vers « et que son peuple pour lequel, etc. » ; je ne pouvais pas, je ne pouvais plus écrire cela. J'avais déjà trop triché avec ce mot « peuple », j'avais déjà trop triché avec J. C. et avec moi-même. Je n'étais sûr que d'une chose : un homme qui pouvait par une seule note vous faire voyager vers des étoiles lointaines, vous faire découvrir toutes les merveilleuses choses dans et hors de ce monde, ne pouvait pas mourir. Non, un homme comme J. C. ne pouvait pas mourir.

J'abandonnai ma feuille sur la table, ramassai tous les disques qui traînaient çà et là, les rangeai soigneusement et ouvris toutes grandes les fenêtres. J'embrassai Nancy, poussai la porte et sortis dans la rue. Je fus ébloui un instant, non pas par le soleil, mais par le pare-brise d'une voiture de police qui précédait une ambulance : en face, un garçon noir de treize ans venait d'être tué par un agent de police blanc qui était en train d'invoquer devant la foule de Noirs hostiles la légitime défense.

TABLE

Impression réalisée sur CAMERON par

BUSSIÈRE

GROUPE CPI

à Saint-Amand-Montrond (Cher)
en juin 2007

Dépôt légal : juin 2007.
Numéro d'impression : 072138/1.

Imprimé en France